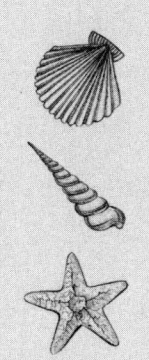

The CAY
Copyright ⓒ 1969 by Theodore Taylor
All rights reserved.

Korean translation copyright ⓒ 2007 by Danielstone Publishing
Korean translation rights arranged with The Marsh Agency Ltd.
through EYA(Eric Yang Agency)

이 책의 한국어판 저작권은 EYA(Eric Yang Agency)를 통한 The Marsh Agency Ltd.사와의 독점 계약으로 뜨인돌출판(주)가 소유합니다. 저작권법에 의해 한국 내에서 보호를 받는 저작물이므로 무단전재와 무단복제를 금합니다.

티모시의 유산

초판 1쇄 펴냄 2007년 10월 1일
   20쇄 펴냄 2024년 2월 19일

지은이 시오도어 테일러
옮긴이 박중서

펴낸이 고영은 박미숙
펴낸곳 뜨인돌출판(주) | 출판등록 1994.10.11.(제406-251002011000185호)
주소 10881 경기도 파주시 회동길 337-9
홈페이지 www.ddstone.com | 블로그 blog.naver.com/ddstone1994
페이스북 www.facebook.com/ddstone1994 | 인스타그램 @ddstone_books
대표전화 02-337-5252 | 팩스 031-947-5868

ISBN 978-89-5807-184-6 03840

VivaVivo 01

티모시의 유산

시오도어 테일러 지음 | 박중서 옮김

뜨인돌

"두 눈을 잃고 나서야,
소년은 비로소 진짜 세상을 보게 되었다."

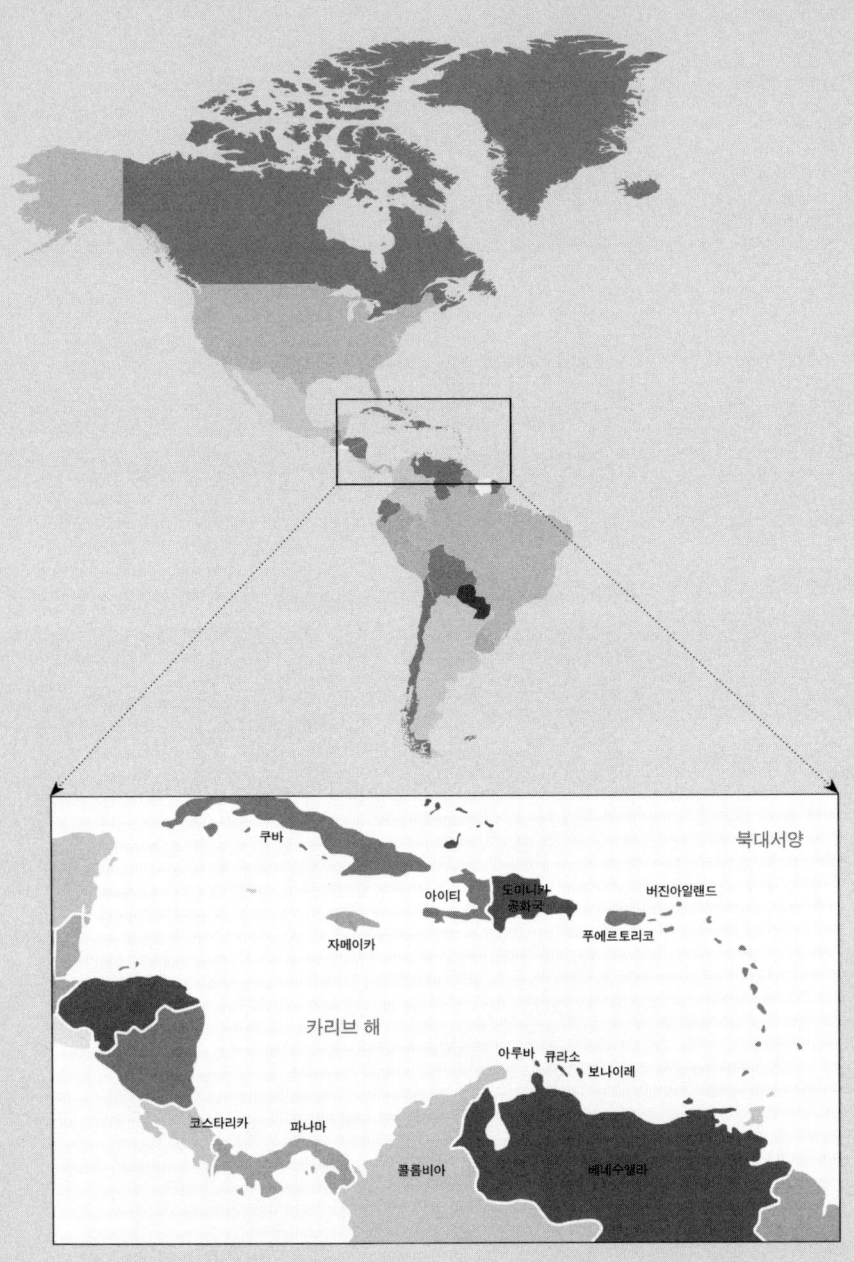

킹 박사님(Dr. King)의 꿈[1],
오로지 젊은이들이 알고 이해했을 때에야
실현될 수 있는 그 꿈에 이 작품을 바칩니다.

1968년 4월
캘리포니아 주 라구나 비치에서

---

1 마틴 루터 킹과 그의 "나에겐 꿈이 있습니다"(I Have a Dream)라는 유명한 연설을 가리키는 듯하다.

일러두기

• 고유명사와 인명 등은 외국어 표기법에 따랐습니다.
• 길이와 넓이 등의 단위는 미터법으로 바꾸었습니다.
• 본문의 각주는 모두 옮긴이의 것입니다.

1

 소리 없이 바다의 어둠 한가운데서 헤엄치는 굶주린 상어처럼, 독일 잠수함은 한밤중에 우리를 습격했다.

 나는 빌렘스타트[2]에 있는 우리 집, 폭 좁은 초록 박공집 2층에서 자고 있었다. 빌렘스타트는 베네수엘라 해안에서 조금 떨어진 곳에 위치한 네덜란드령 섬들 중에서 가장 큰 큐라소[3]에 있다. 1942년 2월의 칠흑같이 어두운 밤, 독일군은 우리 섬 바로 서쪽에 있는 아루바 섬[4]의 대형 정유시설을 공격했다. 그들은 호수에 있던 소형 유

---

2 큐라소 섬의 항구도시로 17세기 중엽 네덜란드인에 의해 건설되었다.
3 카리브 해 남부에 위치한 네덜란드령 섬으로, 남아메리카의 주요 산유국인 베네수엘라와 가깝기 때문에 20세기 초에 로열더치셀의 정유소가 생기면서 크게 발전했다.
4 네덜란드령 섬으로, 동쪽의 큐라소와 마찬가지로 한때 세계 최대의 정유공장이 있었던 곳으로 유명하다.

조선 여섯 대를 박살냈다. 그 뚱뚱한 배들은 마라카이보 호수[5]에서 원유를 운반해 왔고, 큐라소 석유조합에서는 그것으로 휘발유, 등유, 디젤유를 만들어냈다. 그날 새벽녘에는 빌렘스타트 앞바다에도 독일 잠수함이 한 척 나타났다고 했다.

그래서인지 잠을 깼을 때 시내에서는 여전히 요란한 소리가 들려오고 있었다. 이곳 시내는 네덜란드 본국의 동네 모습과 매우 흡사했다. 집들이 모두 분홍색이나 초록색이나 파란색 같은 연한 색으로 칠해져 있다는 점, 그리고 제방이 없다는 것만 빼고는 말이다.

나는 아침식사가 끝나기만을 목을 늘어뜨리고 기다렸다. 오늘은 시내에서 가장 오래된 곳이자 번화가인 푼다에 들렀다가, 바다가 보이는 암스테르담 요새에 가기로 한 날이었기 때문이다. 혹시 적의 U보트가 아직도 있다면, 거기 모인 사람들과 함께 그놈들을 향해 엿 먹으라고 주먹질이라도 해줘야지.

나는 겁이 나기는커녕 신이 나서 죽을 것 같았다. 전쟁, 전쟁, 이야기는 많이 들었지만 내 눈으로 직접 보긴 처음이었다. 지금은 전 세계가 전쟁 중인데, 이 따뜻하고 새파란 카리브 해에까지 그 여파가 밀려온 것이다.

그날 아침에 우리 엄마가 제일 먼저 하신 말씀은 이랬다.

---

5 베네수엘라 북서부의 큰 호수로 바다와 연결되어 있으며 그 일대에서는 석유가 많이 생산된다.

"필립, 적군이 결국 이 섬까지 오고 말았다는구나. 오늘은 학교에 안 가도 돼. 대신 집 근처에만 있어야 된다. 무슨 말인지 알지?"

나는 고개를 끄덕였지만, 솔직히 적 잠수함에서 갈겨대는 총알이 수많은 건물들을 마다하고 하필이면 나를 향해 날아올지도 모른다는 생각은 들지 않았다. 하다못해 저 유명한 부교 위에, 또는 스호테하트나 세인트 안나 만에 줄지어 늘어선 배들 사이를 거닐다가, 하필이면 나만 총알에 맞을 수 있다는 생각은 들지 않았다.

그래서 점심때쯤 되어 엄마가 등화관제용 커튼을 꺼내 살펴보고, 집 안의 항아리마다 먹을 물을 길어 놓고, 먹을 음식이 충분한지를 살펴보느라 정신이 없는 사이, 슬쩍 집에서 빠져나와 옛날 해안 요새로 내려갔다. 열한 살 동갑인 네덜란드인 친구 헨릭 판 보번과 함께였다.

우리가 더 어렸을 때만 해도 다른 아이들과 함께 거기 내려가서 신나게 놀았다. 우리를 해적들, 또는 영국 놈들에 맞서 빌렘스타트를 사수하는 수비대라고 생각하고 말이다. 예전에는 그런 일이 정말로 있었다고 했다. 그게 재미없어지면, 에스파냐 상선을 습격하는 네덜란드 군인 흉내를 내곤 했다. 그것도 역시 실제로 일어났던 일이라고 했다. 가끔 수평선 너머에서 돛대 높은 배들이 나타날 때면, 우리의 상상이 정말 현실로 이루어지는 것만 같았다.

물론 그 배들은 베네수엘라나 아루바, 또는 보나이레[6]에서 바나

나며 오렌지며 파파야며 멜론 등의 과일, 그리고 이런저런 야채들을 싣고 오는 원주민들의 낡아빠진 소형 범선에 불과했다. 하지만 우리 눈에는 영락없이 해적선이었고, 우리가 갑판 위의 흑인들을 향해 소리를 질러대면, 그들도 재미있다는 듯 낄낄거리며 이렇게 맞장구쳐 주는 것이었다. "탕, 탕, 탕!"

해안 요새는 이야기책에 나오는 것처럼 바다를 향해 난 높은 성벽 위에 줄줄이 포문이 나 있었다. 오랜 세월 빌렘스타트를 지켜 온 이곳이지만, 오늘 아침만큼은 더 이상 이야기책의 내용 같지가 않았다. 소총을 든 진짜 군인들이 거기 나와 있었고, 심지어 기관총도 눈에 띄었다. 쌍안경을 든 사람들이 바다 쪽을 계속해서 지켜보았고, 모두의 얼굴에 긴장한 빛이 역력했다. 어른들은 우리를 쫓아내면서 얼른 집에 가라고 을러댔다.

대신 우리는 유명한 엠마여왕 부교[7]로 갔다. 그 다리를 건너 운하 너머로 가면 커다란 스호테하트 항구가 나왔다. 물 위에 떠 있게 만들어져서, 배가 오갈 때면 옆으로 열리게 되어 있는 그 다리는 푼다와 오트라반다를 연결해 주었다.

---

6 카리브 해 남부에 위치한 네덜란드령 섬.
7 빌렘스타트는 동쪽의 푼다와 서쪽의 오트라반다로 나누어져 있으며, 네덜란드 여왕의 이름을 딴 엠마여왕 부교가 두 지역을 연결한다.

요새만큼 전망이 좋지는 않지만, 거기 가면 사람들이 많아서 그냥 바라보기만 해도 재미있었다. 그런데 오늘은 이상하게도 운하에 오가는 배가 한 척도 없었다. 다리가 열릴 때마다 차와 사람을 가득 채워 지나가던 연락선들도 닻을 내린 채 텅텅 비어 있었다. 원주민 소형 범선조차 운하 안의 부두에 조용히 머물러 있었다. 흑인들도 평소에 늘 하던 것처럼 웃거나 소리 지르지 않았다.

"우리 아빠가 그러는데, 아루바는 흔적도 없이 사라져 버렸대. 나쁜 놈들이 신트 니콜라스[8]도 공격했대, 진짜야."

헨릭이 말했다.

"호수 유조선이 다 침몰됐다며?"

나도 질세라 말했다. 그 이야기가 정말인지 아닌지 몰랐지만, 짜증스럽게도 헨릭은 늘 정통한 소식통을 자처했다. 걔네 아빠가 정부 쪽과 관련이 있기 때문이었다.

그 녀석은 얼굴이 둥글고 몸도 뚱뚱했다. 머리카락은 밀짚 색깔이었고 뺨은 향상 불그스레했으며, 항상 진지한 척 말하고 행동했다. 녀석은 암스테르담 요새 쪽을 바라보며 말했다.

"지금쯤 저기다가 대따 큰 대포를 갖다 놨을 거야. 내기할래?"

뭐, 하자면 못할 것도 없었다.

---

8 아루바 남단의 항구도시.

"아니, 해군이 도착하기 전까지는 안 그럴걸."

헨릭은 나를 바라보았다.

"우리나라 해군?"

그러니까 네덜란드 해군이냐고 묻는 것이었다.

"아니, 그거 말고. 내 말은 '우리' 해군 말이야."

나는 당연히 미국 해군을 말한 것이었다. 네덜란드 해군이야 독일이 네덜란드를 점령한 직후에 완전히 해체되어 버리지 않았던가.

헨릭이 풀죽은 투로 말했다.

"그래도 우리나라 해군도 같이 올걸."

나는 그 녀석과 더 이상 말다툼을 하고 싶지 않았다. 이곳 사람들은 네덜란드가 나치에 의해 속수무책으로 점령된 것을 무척이나 치욕스럽게 생각해 왔으니까.

그때 육군 장교 하나가 트럭에서 내리더니, 얼른 다리 있는 데서 비키라고 고함을 질렀다. 표정이 무척이나 엄했다.

"이놈들! 그러다가 독일 놈들이 어뢰라도 쏘면 어쩌려고 그래? 죽으려고 환장했냐!"

나는 다시 한 번 바다 쪽을 바라보았다. 바다는 푸르고 잔잔했으며, 상쾌한 바람이 그 위를 스쳐 새하얀 파도를 만들어내고 있었다. 우리 머리 위로는 흰 구름이 천천히 흘러가고 있었다. 하지만 늘 항구를 향해 행진하던 배들의 모습은 찾아볼 수가 없었다. 평소 같으면 가지각색의 국기를 내건 크고 작은 배들이 연료를 채우기 위해 스호테하트 항구로 천천히 들어왔을 텐데 말이다.

항구는 텅 비어 있었다. 심지어 요트 한 척 지나가지 않았다. 우리는 갑자기 겁이 나서 집이 있는 스하를로 지구까지 죽어라고 뛰었다.

집 안에 들어갔을 때까지도 얼굴이 하얗게 질려 있었나 보다. 부엌에 있던 엄마가 내 얼굴을 보더니 다그쳐 물었다.

"너 지금 어디서 오는 거야?"

"푼다요."

나는 이실직고했다.

"헨릭이랑 같이 갔었어요."

엄마는 머리끝까지 화가 나서는, 양손으로 내 어깨를 꽉 붙잡고 마구 흔들었다.

"거기 가지 말라고 그랬지, 필립!"

엄마는 불같이 화를 냈다.

"지금은 전쟁 중이라고! 무슨 말인지 모르겠니?"

"그냥 잠수함 보러 간 거였어요."

엄마는 못 살겠다는 듯 눈을 꾹 감더니, 이번에는 나를 꼬옥 끌어안았다. 우리 엄마는 그런다. 방금 전까지만 해도 나를 어떻게라도 할 것처럼 하다가도, 그 다음에는 나를 꼬옥 끌어안아 주는 것이다.

켜져 있던 라디오에서는 어제 적의 공격으로 호수용 유조선에 타고 있던 선원 56명이 죽었고, 네덜란드령 서인도 총독이 워싱턴에 지원 요청을 했다는 뉴스가 흘러나왔다. 본국에 요청해 보았자 아무 소용이 없었기 때문이다. 아나운서의 서글픈 듯한 목소리에 한참 귀 기울이고 있자니, 엄마가 라디오를 툭 꺼 버렸다.

"몸 다치고 싶지 않으면 엄마 아빠가 하라는 대로만 해. 절대 마당 밖으로 나가지 말란 말이야, 알았지?"

엄마는 무척 불안해 보였다. 물론 불안해하는 게 주특기이긴 했지만. 엄마는 내가 바닷가 성벽에서 떨어지면 어쩌나, 나무에서 떨어지면 어쩌나, 주머니칼에 베이면 어쩌나 하고 늘 쓸데없는 걱정을 늘어 놓곤 했다. 헨릭의 엄마는 절대 그러지 않았다. 걔네 엄마는 항상 웃으면서 이렇게 말하곤 했다.

"어이구, 사내 녀석들 아니랄까 봐, 원!"

그날 오후 늦게 아빠가 돌아오셨다. 우리 아빠는 이곳 정유소에서 비행기 연료 생산과 관련한 연구를 하고 있는데 나하고 이름이 똑같다. 필립 엔라이트다. 엄마는 아빠가 새벽 2시부터 회사에 나가 계셨다면서, 아빠한테 이것저것 너무 많이 물어보지 말라고 했다.

새벽에 회사에서 전화가 걸려왔는데, 독일군이 정유소와 정유 시설을 공격할 수도 있으니 만약의 사태에 대비해서 회사에 나와 있으라고 했다는 것이다. 아빠가 그렇게 피곤해하시는 모습은 나도 처음 보았기 때문에 물어보고 싶은 게 많아도 꾹 참을 수밖에 없었다.

 작년까지만 해도 아빠랑 같이 이것저것 하면서 놀러 다녔다. 작지만 우리 배를 타고 낚시나 항해를 나갔고, 크룹 만이나 세루 말레까지 도보여행을 가거나, 아니면 교외로 함께 나가곤 했다. 아빠는 나무와 물고기와 새에 대해 무척 잘 알았다. 하지만 요즘은 무척 바쁜가 보다. 일요일이 되어도 고개를 절레절레 저으며 이렇게 말한다.

 "얘야, 미안하다. 오늘은 회사에 나가 봐야 되거든."
 아빠는 매일 퇴근 후에 밤마다 거실에서 시원한 네덜란드 맥주를 한 병씩 마신다. 다 마실 때를 기다렸다가 내가 물었다.
 "잠수함에서 오늘 우리한테도 폭탄을 쏠까요?"
 아빠는 심각한 얼굴로 날 바라보며 말했다.
 "그건 나도 모른단다, 필립. 어쩌면 그럴 수도 있지. 하여간 오늘은 너랑 엄마랑 아래층에 내려와서 자는 게 좋겠구나. 2층 말고 여기서 말이야. 물론 지금 당장 위험한 건 아니지만 그래도 혹시 모르니까."
 "잠수함이 전부 몇 대나 와 있대요?"
 나는 머릿속으로 잠수함이 무슨 고기 떼라도 되는 양 생각하고 있었다. 한 열두 대쯤? 그래, 아마 그쯤 되겠지. 하여간 아빠한테서 잠수함에 관해 무슨 이야기라도 들어야 내일 헨릭의 코를 납작하게 해줄 수 있다.

아빠는 고개를 저었다.

"그건 아무도 몰라, 필립. 하지만 우리와 가까운 바다에 최소한 세 대는 있는 모양이더라. 어젯밤 공격도 서로 다른 세 군데서 벌어졌다니까."

"그럼 그 잠수함들은 독일에서 여기까지 온 거예요?"

아빠는 고개를 끄덕였다.

"그래, 아니면 프랑스에 있는 기지에서 왔겠지."

아빠는 이렇게 덧붙이면서, 파이프에 담배를 채워 넣었다.

"우리가 먼저 공격하면 안 돼요?"

아빠는 어처구니가 없다는 듯 너털웃음을 터뜨렸다. 그러고는 집게손가락으로 내 가슴을 콕콕 찌르며 말했다.

"네가 그렇게 하고 싶은 모양이구나. 하지만 지금 우리로선 그놈들하고 싸울 방법이 없단다. 그렇다고 모터보트를 타고 나갈 수도 없는 노릇 아니니."

엄마가 부엌에서 나왔다.

"아빠한테 쓸데없는 거 물어보지 말라고 그랬지, 필립. 내가 그러지 말라고 했어, 안 했어?"

아빠는 이상하다는 듯 엄마를 빤히 쳐다보았다. 하긴, 아빠야 지금껏 내가 물어보는 거에 대답을 안 해 준 적이 한 번도 없었으니까.

"왜, 애들도 알 건 알아야지. 애한테도 중요한 일이야, 그레이스."

이번에는 엄마가 아빠를 빤히 쳐다보았다.

"맞아요, 하지만 자랑할 일도 아니죠."

내가 기억하기로, 우리 엄마는 1939년 말에 큐라소로 올 때부터 불만이 많았다. 하지만 미국이 아직 참전하지 않은 그때부터도 우리 아빠는 전쟁 중에 누군가가 도움을 요청하는 데 가만히 있을 수 없다고 맞섰다. 때마침 로열더치셸에서 아빠가 근무하던 회사 측에 파견 근무를 요청했다. 아빠가 정유와 휘발유 생산 전문가이기 때문이다. 하지만 엄마는 큐라소로 오는 걸 좋아하지 않았고, 종종 바람에 실려 오는 가스와 석유 냄새 때문에 골치가 다 아프다고 투덜거렸다.

확실히 버지니아에서 살 때하고는 완전 딴판이었다. 아빠는 거기 엘리자베스 강 유역에 새로운 정유소를 짓는 책임자로 있었다. 우리가 살던 작고 예쁜 집은 마당도 넓고 나무도 많았다. 엄마는 지금도 종종 그때 살던 집과 나무 이야기를 했다. 그곳의 사시사철이며 친구들도 몹시 그리워했다. 지금보다 버지니아에 살 때가 훨씬 좋았고 훨씬 안전했다면서 말이다.

그러면 아빠는 그저 이렇게 한마디 할 뿐이었다.

"요즘 같은 세상에 편안하고 안전한 장소란 없어요, 여보."

나 역시 반딧불과 인동덩굴 냄새가 인상적인 그곳의 여름을 기억했다. 들판이 모두 갈색으로 변하고, 발밑에서 흙이 우득거리던 그곳의 추운 겨울도. 하지만 다른 것들은 그렇게 많이 기억나지 않았다. 하긴 이곳 카리브로 온 때가 겨우 여덟 살 때였으니까.

나는 엄마가 버지니아에 대한 향수병에 걸린 거라고 생각했다. 거기는 네덜란드어만 지껄이는 사람도, 가스와 석유 냄새도, 흑인들도 없으니까.

엄마와 아빠 사이에 냉랭한 침묵이 흘렀다. 요새 들어 이런 일이 잦았다. 마침내 엄마는 등을 돌려 부엌으로 쑥 들어가 버렸다.

나는 아빠한테 물었다.

"그러면 비행기로 잠수함에 폭탄을 쏘면 안 돼요?"

아빠는 한숨을 푹 쉬었다.

"그래, 그것도 마찬가지야, 필립. 지금 여기에는 전투기가 한 대도 없으니까. 솔직히 말해서 지금 우리는 제대로 된 무기라고 할 만한 게 하나도 없단다."

2

저녁식사를 마치고 나니 밖은 이미 어두워져 있었다. 아빠는 밖으로 나가 우리 집을 한 바퀴 삥 둘러보았다. 등화관제용 커튼이 제대로 쳐져 있는지 보려는 것이었다. 엄마랑 나는 창문을 한쪽씩 맡아 그 앞에 서 있었고, 아빠는 조금이라도 틈새가 보이면 우리에게 말해 주었다. 이제부터는 섬에서 불빛이 한 톨이라도 새어 나가서는 안 된다는 총독의 명령에 따라 밤마다 하는 일이었다. 다 둘러본 다음 아빠는 정유소로 돌아갔다.

나는 9시쯤 아래층 소파에 누웠지만 잠이 오지 않았다. 해안의 U보트와, 맨발의 중국인 선원들을 갑판에 잔뜩 태운 호수용 유조선들 모습이 내 머릿속을 점령하고 있었다. 어쩌면 지금이라도 U보트가 나타나서 빌렘스타트에 어뢰라도 한 방 쏴 주었으면 하는 마음이었는지 모른다.

독일군도 함께 쳐들어오는 게 아닐까, 문득 그런 생각이 들었다. 9시 반쯤 잠자리에서 일어나 헛간에 가서 손도끼를 꺼내왔다. 나는 소파 밑에 그걸 놓아 두었다. 독일군과 맞서 싸우기 위해 내가 생각해낼 수 있는 무기란 그것뿐이었다.

아마 열한 시쯤 되었나 보다. 아빠가 집에 돌아와서는 우리 집에 있는 손전등이란 손전등은 모조리 찾아 챙겼다. 나는 두 분이 나지막이 이야기하는 걸 들었다.

"여기 계속 머물러 있다간 큰일 나겠어요."

엄마가 말했다.

"여보, 당신도 알잖아. 내가 여기 있어야만 한다는 거."

"그러면 필립이랑 나만이라도 돌아갈 거예요. 노펵으로 가서 난리가 끝날 때까지 기다릴 거라구요."

나는 잠자리에서 벌떡 일어났다. 방금 내가 들은 이야기가 진짜일까?

"아니, 지금은 돌아가는 것 자체가 더 위험해. 비행기로 가지 않는 한 말이야. 그러니 그냥 여기 있어요. 적들이 어뢰 공격을 한다고 해도 스하를로까지 위험해지는 일은 없을 테니까."

아빠의 말에 엄마는 화가 난 듯 말했다.

"내가 비행기 못 타는 거 알면서 그래요? 고소공포증 때문에 비행기 근처에도 못 가는 거 다 알면서!"

"여보, 제발 나중에 얘기합시다."

아빠의 목소리는 무척이나 침울했다. 잠시 후에 아빠는 다시 정유소로 돌아갔다.

이 섬을 떠난다고 생각하니 문득 서글퍼졌다. 나는 옛날 요새를, 소형 범선을, 닭들이 꼬꼬댁 거리고 돼지들이 꿀꿀 거리고 흑인들이 떠들어대던 뤼이테르카더 시장을 무척 좋아했다. 나는 거인 선인장이 있는 쿠누쿠도, 디비디비 나무[9]며 바람 방향으로 휘어져 자라는 그 나뭇가지도, 웨스트퓐트의 아름다운 백사장도 너무 너무 좋아했다. 그리고 내 친구, 헨릭 판 보번하고도 헤어지고 싶지 않았다.

독일 잠수함 몇 대가 큐라소 해안에 나타난 걸 가지고 도망쳐 버리면 헨릭과 걔네 엄마는 우리를 겁쟁이라고 생각할지도 모른다. 나는 밤새 잠을 이루지 못했다.

다음날 아침, 아빠는 우리 섬과 마라카이보 호수를 오가며 원유를 나르던 호수용 유조선의 중국인 선원들이 해군의 호위 없이는

---

[9] 중앙아메리카 일대에 서식하는 관목의 일종으로 특히 큐라소와 아루바 섬에서 많이 자란다.

절대 출항하지 않겠다고 고집을 피우더라는 이야기를 해주었다. 아빠는 정유소가 오늘내일 안에 문을 닫을 것이며 이제는 그 소중한 가스와 석유가 영국으로, 또는 아프리카 사막에서 열심히 싸우고 있는 몽고메리 장군[10]에게 전달될 수도 없을 것이라고 이야기해주었다.

엠마여왕 부교 곁으로 배가 한 대도 지나지 않은 지 무려 7일째가 되자, 빌렘스타트는 온통 침울한 분위기였다. 그러나 한편으로는 아루바와 큐라소라는 작은 섬이 지금 전세계적으로 중요한 장소 가운데 하나가 되었다는 생각에 오히려 뿌듯해하는 것도 같았다. 결국 승리와 패배가 바로 우리의 손에 달려 있기라도 한 것처럼 말이다. 아빠의 말에 따르면 사람들은 중국인 선원들의 태도에 화를 냈고, 결국 사흘째 되던 날 그들을 반란죄로 재판에 회부하기로 결정했다.

"하지만 그 사람들이 그렇게 겁을 내는 것도 당연하지."

아빠가 말했다.

"솔직히 중국인들을 재판에 회부하자는 사람들조차도 지금은 배를 타고 바다에 나가길 꺼려하고 있는 판이니까."

아빠는 지금 같은 상황에서 원유를 잔뜩 실은 배를 몰고 바다로

---

10 버나드 로 몽고메리(1887-1976). 영국의 군인으로 제2차 세계대전 당시 영국군 총사령관을 역임했다.

나간다는 것이 어떤 기분일지를 설명해 주었다. 혹시 독일군이 나타나 어뢰나 기관포라도 쏘면 배 전체가 순식간에 불덩이로 변할 테니 말이다. 아빠는 선원이 아니었지만 자원해서 호수용 유조선 일을 돕기로 했다.

오래지 않아 우리 집엔 깨끗한 물도 다 떨어지고 말았다. 네덜란드령 서인도제도에는 허리케인이라도 불지 않는 한 비가 별로 내리지 않았고, 그나마 몇 개 되지 않는 우물에서 나오는 물은 소금기가 많았다. 그동안은 대형 유조선의 밸러스트[11] 탱크에 채워 온 미국이나 영국의 깨끗한 물을 다시 한 번 증류해서 사용했다. 하지만 이제는 독일 잠수함이 완전히 사라지기 전까지 대형 유조선은 구경도 못할 판이었다.

주말이 되자 신선한 야채도 떨어져 버렸다. 야채를 운반하는 소형 범선 선원들도 겁을 먹긴 마찬가지였기 때문이다. 이제 우리 엄마는 툭하면 그놈의 잠수함, 신선한 물, 식량 부족에 대해 불평을 늘어 놓았다. 이번 전쟁을 핑계 삼아 큐라소를 떠나려고 작정한 것 같았다.

아마 2월 21일이었나 보다. 중국인 선원들 가운데 일부가 마침내 마라카이보 호수까지 유조선을 몰고 가기로 했다. 하지만 바로 그

---

11 선박을 안정시키기 위해 밑바닥에 싣는 고체나 액체 상태의 무거운 물질을 말한다.

날, 빌렘스타트로 향하던 노르웨이 유조선이 큐라소에 거의 다 와서 독일군의 어뢰 공격을 받았고, 그로 인해 시 전체가 공포에 사로잡혔다. 배가 오갈 수 없다면 우리로선 그야말로 절망적인 상황이다.

그로부터 하루 이틀 뒤, 나는 아빠를 따라 스호테하트로 갔다. 영국의 대형 유조선 엠파이어 턴 호의 화물 선적 작업이 마무리되고 있었다. 그 배는 앞뒤에 기관총이 장착된, 항구에 있는 배들 중에서도 몇 안 되는 무장선이었다.

무역풍이 불고 있었지만 스호테하트를 뒤덮고 있는 가스와 석유 냄새가 항구에 진동했다. 다른 빈 유조선들은 무게가 가벼워진 탓에 물 위로 불쑥 튀어나온 모습으로, 언제고 석유를 다시 싣고 떠날 때만 기다리고 있었다. 다른 배의 선원들은 배 난간에 무리지어 서서 엠파이어 턴 호에서 벌어지는 일들을 부러운 듯 바라보고 있었다.

유조선 탱크와 연결된 고무관은 가솔린이 지나갈 때마다 마치 살아 있는 듯 꿈틀거렸다. 석유 냄새가 진동하는 가운데서도, 사람들은 석유를 탱크 하나하나마다 가장자리까지 '꽉꽉 눌러' 담았다. 입을 여는 사람은 거의 없었다. 비행기용 휘발유를 다루는 건 무척이나 위험하기 때문에 최대한 조심해야 했다.

그날 오후, 우리는 푼다에 있는 부교 근처에 서서 유조선이 세인트 안나 만을 천천히 빠져나가는 모습을 바라보았다. 많은 사람들이 구경하러 나와 있었고, 심지어 총독도 나왔다. 영국까지의 외로운 여행을 시작하는 그 배가 지나칠 때, 우리는 모두 환호성을 올렸다. 영국에 도착하면 이 배에 실린 연료는 영국 공군이 적을 무찌르는 데 사용될 것이었다.

원래는 탁한 흰색이었지만 군데군데 녹물 흐른 자국이 역력한 엠파이어 턴 호에 탄 선원들은 우리를 향해 손을 흔들면서 승리의 V자 표시를 해 보였다.

우리는 엠파이어 턴 호를 항구 밖까지 무사히 인도한 수로안내선이 다시 빌렘스타트 쪽으로 돌아오는 모습까지 지켜보았다. 그런데 다들 집에 돌아가려고 등을 돌린 바로 그 순간, 천지가 요동할 듯한 폭발음이 울렸다. 우리는 깜짝 놀라 바다 쪽을 돌아보았다. 엠파이어 턴 호가 있던 자리에 시뻘건 불길과 시커먼 연기가 치솟고 있었다.

"저기 있다!"

누군가가 비명을 질렀다.

우리는 불길에 휩싸인 유조선에서 약간, 그러니까 약 1킬로미터 정도 떨어진 바다 위를 바라보았다. 물 위에 뭔가 시커먼 형상 같은 것이 드러나 있었다. 독일 잠수함이었다. 자신이 사냥한 배가 서서히 죽어가는 모습을 감상하기 위해 수면 위로 고개를 쳐든 그 모습은 마치 사냥꾼과도 같았다.

예인선과 소형 모터보트 몇 대가 턴 호를 향해 달려갔지만 이미 늦은 다음이었다. 그 모습을 바라보던 여자들은 엉엉 울었고 남자들, 우리 아빠까지도 눈에 눈물이 글썽글썽했다. 내가 몇 시간 전만 해도 그 배의 갑판 위에 올라가 있었다는 게 도무지 믿어지지 않았다. 죽음이 무엇인지, 파괴가 무엇인지에 대해 조금은 알 것 같았다.

그날 밤, 엄마는 아빠한테 일방적으로 통보했다.

"나랑 필립은 노픽으로 가겠어요."

마음을 단단히 먹은 것 같았다.

아빠 역시 지쳤고, 특히 그날 일어난 일 때문에 무척이나 속상해하고 있었다. 아빠는 엄마에게 별 대꾸를 하지 않았다. 대답만 이렇게 했다.

"여보, 내 말 들어요. 잘못 생각하는 거라니까. 차라리 여기 스하를로가 더 안전해."

만약 그날 밤에 아빠가 엄마 보고 가긴 어딜 가느냐고, 찍소리 말고 여기 남아 있으라고 윽박이라도 질렀다면 어땠을까? 하지만 우리 아빠는 결코 그럴 사람이 아니다.

3월 내내, 낮은 화창하고, 밤은 어둡고도 고요했으며, 시간은 참으로 더디 흘렀다. 잠수함의 위협은 여전했지만, 배들도 하나둘씩 다시 항해를 시작했다. 물론 일부는 공격을 받아 침몰되기도 했다. 헨릭과 나는 종종 푼다로 내려가 배들이 나가는 모습을 지켜보면서 제발 무사하기를 빌고 또 빌었다.

아빠도 엄마도 섬을 떠나는 것에 대해서 더 이상 별다른 말을 하지 않았다. 미국 구축함 두 척과 네덜란드 순양함 판 킹스베르헌 호가 유조선 호위 임무를 띠고 우리 섬에 도착했다. 그때 엄마가 마음을 바꿀 수도 있었을까? 아니, 엄마는 오히려 전함이 나타났다는 사실에 더욱 불안해했다.

그러던 4월의 어느 날, 엄마가 드디어 이야기를 꺼냈다.

"아빠가 드디어 안전히 빠져나갈 길을 찾아내셨대. 그러니 학교는 오늘까지만 다녀와라, 필립. 내일부터는 짐을 싸고, 금요일에는 마이애미 행 배를 타야 하니까. 마이애미에 도착하면 노퍽까지는 기차로 갈 거야."

가슴 한구석이 뻥 뚫려 버린 듯한 기분이었다.

"엄마는 겁쟁이! 난 안 가! 안 간다구!"

나는 화가 나서 소리소리 질렀다. 얼른 학교 가지 못하겠느냐고 을러대는 엄마에게 나는 엄마가 밉다고, 미워 죽겠다고 소리소리 지르곤 밖으로 뛰쳐나왔다.

수업 시간 내내 나는 과연 어떻게 해야 하나 고민에 고민을 거듭했다. 아예 어디로 도망쳐서 배가 떠날 때까지 숨어 있을까도 생각했지만, 큐라소 같은 작은 섬에는 숨어 있을 곳도 마땅치 않았다. 게다가 그렇게 하면 아빠만 더욱 난처해질 것이다.

그날 저녁, 나는 아빠가 돌아오기를 기다렸다가 아빠랑 같이 있으면 안 되느냐고 물었다. 아빠는 미소를 지으며 내 어깨를 팔로 감싸 안았다.

"안 돼, 필립. 지금은 엄마랑 같이 노퍽으로 가는 게 가장 좋은 방법이야. 지금 같은 상황에서는 아빠도 집에 못 들어오는 날이 더 많을 거니까."

겉으로는 씩씩한 척했지만, 아빠의 목소리에는 어딘가 서글픔이 배어 있었다. 아빠는 미국으로 돌아가면 뭐가 좋을지에 대해서 이런저런 이야기를 해주었다. 미국에는 있는데 이 섬에는 없어서 불편하거나 아쉬웠던 것이 많지 않았느냐고도 물었다. 하지만 나로선 아무것도 불편하거나 아쉬웠던 것 같지 않다.

그래서 이번에는 엄마한테 매달렸다.

"엄마, 난 그냥 여기 빌렘스타트에 남을래요."

엄마는 아빠랑 나 모두에게 화를 냈다. 남편이고 자식이고, 누구 하나 자기를 생각해 주는 사람이 없다며 서러운 듯 울기 시작했다.

마침내 아빠가 나서서 상황을 정리했다.

"필립, 이미 결정한 거니까 어쩔 수 없구나. 금요일에 엄마랑 같이 떠나라."

나는 엄마를 도와 짐을 꾸리고, 헨릭 판 보번이며 다른 아이들과도 작별인사를 나누었다. 애들한테는 금방 돌아올 거라고 둘러댔다. 노퍽에 외할아버지랑 외할머니가 계신데, 그분들을 뵈러 잠깐 다녀오는 것뿐이라고 말이다. 하지만 마음 한구석에는 큐라소를, 그리고 아빠를 금방 다시 볼 수는 없을 것 같다는 막연한 불안감이 싹트고 있었다.

금요일 아침 일찍, 우리는 세인트 안나 운하에서 하토 호에 올라탔다. 이 소형 화물선은 뱃머리가 높고 튼튼하게 생겼으며, 두 개의 웰갑판well deck 가운데에 선교루bridge house가 있었다. 예전에 세인트 안나 만에서 종종 보던 배였다. 보통은 빌렘스타트, 아루바, 파나마 사이를 오가곤 했다. 항상 이런저런 화물을 잔뜩 싣고 시커멓고 진한 연기를 푹푹 내뿜었다.

오른쪽에 있던 우리 선실 창문은 부두 쪽으로 열려 있었다. 밖에 서 있던 아빠가 말했다.

"걱정 말고 잘 다녀와라, 필립. 독일 놈들도 이렇게 후진 배한테 어뢰를 낭비할 생각은 없을 테니까."

하지만 아빠는 구명보트 쪽을 유심히 바라보고 있었다. 단정갑판boat deck의 소화호스를 일일이 확인해 본 것은 물론이었다. 결국 아빠도 걱정하고 있는 거였다.

승객은 우리까지 모두 여덟 명이었고, 우리가 아빠한테 한 것처럼 다들 부두에 나온 가족 및 친지들과 작별인사를 나누었다. 사람들은 전통에 따라 꽃다발과 와인을 선물했다. 이젠 전쟁 전과 똑같이 안전할 테니까 걱정 붙들어 매도 된다고, 다들 그렇게 말했다.

아빠는 매우 쾌활한 표정으로 미소를 지었으나 하토 호의 기적이 세 번 울리며 출항을 알리자, 이를 악문 표정으로 가까스로 인사를 건넸다. 나는 아빠를 한참 동안 끌어안고 놓지 않았다. 마침내 아빠가 말했다.

"엄마 잘 돌봐드려야 한다, 알았지?"

나는 그러겠다고 대답했다.

우리는 세인트 안나 만을 따라 바다로 나섰다. 엠마여왕 부교가 벌어지며 우리를 위해 길을 내주었다. 눈물이 앞을 가렸지만, 나는 옛날 요새의 모습을, 그리고 푼다와 오트라반다에 있는 옛날 건물들의 모습을 알아볼 수 있었다. 바다에는 원주민들의 소형 범선이 오가고 있었다.

엄마가 어딘가를 손가락으로 가리켰다. 암스테르담 요새 위에 키 큰 남자가 서서 손을 흔들고 있었다. 아빠였다. 그날 아빠가 거기 혼자 서서 손을 흔들던 모습을 난 결코 잊을 수 없을 것이다.

하토 호는 공해로 접어들자마자 서서히 속력을 내기 시작했다. 우리는 우선 파나마로 향했다. 마이애미로 가기 전에 일단 거기 한 번 들러야 했기 때문이다. 웰갑판 바로 밑에 실려 있는 네 대의 커다란 펌프를 파나마 운하의 대서양 쪽 항구인 콜롱에 갖다 주어야 했다.

나는 오랫동안 갑판 위에 머물러 있었다. 구명보트 옆에 앉아 큐라소 쪽을 바라보는 내내, 외롭고도 서글픈 기분이었다.

보다 못했는지 엄마가 말했다.

"이제 내려가자."

3

파나마를 떠난 지 이틀째 되던 1942년 4월 6일 오전 3시경, 우리가 탄 배는 어뢰 공격을 받았다.

나는 위쪽 침대에서 튕겨져 나왔는지, 정신을 차리고 보니 선실 바닥에 엎어져 있었다. 배의 기적 소리가 계속해서 들려왔고, 금속이 휘어지는 듯한 소리며 고함소리가 곳곳에서 울려 퍼졌다. 배 전체가 덜덜 떨리고 있었다. 꼼짝도 없이 바닷물에 빠져 죽게 될 것만 같았다.

엄마는 오히려 집에서와는 달리 무척이나 차분했다. 옷을 챙겨 입으면서도 나지막한 목소리로 내게 신발 끈 매라, 털 스웨터 꼭 챙겨라, 가죽 재킷을 입어라 하고 말씀하셨다. 손가락 하나 떨지 않으셨다.

엄마는 내가 먼저 구명조끼를 입도록 도와준 다음에 엄마 것을 입으면서 이렇게 말했다.

"자, 이제 배에서 탈출하는 법에 대해 배웠던 걸 전부 기억해내 보자."

지금까지 승무원들은 매일같이 승객들을 데리고 그 연습을 해 왔다.

엄마가 말하는 동안, 또 한 차례의 요란한 폭발음이 귀를 때렸다. 우리는 선실 문에 쿵 하고 부딪혔다. 이처럼 비상시에는 고장 나서 안 열릴 수도 있으니, 선실 문은 절대로 잠그지 말라고 급사가 이야기했었다. 문을 열고 갑판으로 나왔을 무렵, 배는 이미 기울고 있었다.

주위는 온통 시뻘겋고, 뭔가 부서지는 소리가 요란하게 들렸다. 돌아보니 배 뒤쪽은 온통 불바다였다. 선원들은 갑판에 있던 구명보트를 바다로 띄웠다. 증기관이 파열되어 증기가 새어 나왔고, 불길에서 나오는 연기가 우리를 덮쳤다.

구명보트를 띄우고 있는데 함교에서 선장이 내려왔다. 체구가 작고 뻣뻣한 흰 수염을 기른 인물로, 이런 상황에서 흔히 선장이 하게 마련인 행동을 그대로 보여 주었다. 그는 불이 타오르는 갑판에 선 채로 구명보트를 내리는 선원들에게 이런저런 명령을 내렸다. 손에는 작은 가방과, 내가 알기로는 '육분의' 인가 하는 항해 도구를 들고 있었다. 배의 다른 쪽에서는 또 한 척의 구명보트가 내려지고 있었다.

우리 근처에서는 두 명의 선원이 도끼로 밧줄을 끊고 있었고, 곧이어 두 개의 커다란 구명뗏목이 바다 위로 내려졌다. 배에서 새어 나간 기름이 불타면서 생겨난 불구덩이를 빼면, 바다는 정말 칠흑처럼 어두웠다.

"서둘러요! 승객들은 모두 보트로 올라타요!"

선장이 소리쳤다.

뒤쪽에 있던 윤활유 깡통 가운데 하나에 불이 옮겨 붙으며 깡통이 터져 버렸지만, 앞부분에 있는 것들은 아직 불이 붙지 않고 있었다.

한 선원이 엄마의 손을 붙잡아 구명보트에 타도록 도와주었고, 나는 번쩍 들려서 그 안에 있던 다른 선원의 팔로 옮겨졌다. 다른 승객들도 선원들의 도움을 받아 보트에 올라탔다.

"보트 내려!"

누군가가 이렇게 소리친 바로 그 순간, 하토 호가 갑자기 확 기울어지면서 보트가 바다 위로 떨어졌다.

보트 앞부분이 아래쪽으로 확 기우는가 싶더니, 나도 물속에 빠지고 말았다. 가까이 있는 엄마에게 뭐라고 소리를 지르려는 순간, 뭔가가 내 머리를 때렸다.

그로부터 한참 뒤(나중에 듣기론 네 시간쯤 뒤였다고 한다), 눈을 뜨니 저 멀리 푸른 하늘이 보였다. 하늘이 흔들흔들 움직이고 있었고, 물이 찰싹이는 소리가 들렸다. 머리가 깨어질 듯이 아팠다. 눈을 감았다. 어쩌면 내가 꿈을 꾸고 있는지도 몰라. 그때 누군가의 목소리가 들려왔다.

"도련님, 좀 어떠십니까?"

나는 눈을 뜨고 소리가 나는 쪽을 바라보았다.

덩치가 크고 아주 늙은 검둥이 한 명이 내 옆에, 내가 누운 뗏목 위에 앉아 있었다. 아주 흉측한 생김이었다. 코는 납작하고 얼굴은 넓적했으며 머리카락은 뻣뻣한 회색 수세미 같았다. 나는 지금 내가 어디 있는지, 그리고 그가 누구인지 알 수 없어서 당황스러웠다. 문득 그가 바로 하토 호의 갑판에서 일하던 일꾼이라는 사실이 기억났다.

나는 엄마가 어디 있는지 둘러보았지만, 뗏목 위에는 아무도 없었다. 그 덩치 큰 검둥이, 나 그리고 제 허리를 열심히 핥고 있는 검은색과 회색이 뒤섞인 커다란 고양이 한 마리뿐이었다.

"머리를 다치셨어요. 뒤통수에 상처가 크게 난 걸 보고 얼른 이 뗏목 위로 끌어올렸죠."

그는 엉금엉금 기어서 내 쪽으로 다가왔다. 그의 얼굴은 더 이상 검어질 수 없을 만큼 새까맸다. 아니, 어쩌면 이빨이 너무 새하얘

서 그렇게 보이는지도 몰랐다. 그 이빨은 하얀 석고 같았고, 그 주위에 둘러진 분홍색과 자주색이 뒤섞인 입술은 소라의 조갯살을 연상시켰다. 왼쪽 뺨에는 상처 같은 커다란 흉터가 나 있었다. 나는 그가 서인도제도 출신의 검둥이라는 것을 알았다. 빌렘스타트에서도 그런 검둥이를 많이 봤지만, 이렇게 덩치가 큰 경우는 처음이었다.

나는 자리에서 일어나 앉아 물었다.

"지금 여기가 어디야? 우리 엄마는 어디 계셔?"

검둥이는 얼굴을 찌푸리며 고개를 저었다.

"제 생각에는 아마 우리처럼 다른 뗏목에 타셔서 안전하게, 또 무사하게 계실 것 같습니다. 아니면 다른 보트에 타셨을 수도 있구요. 제가 맹세합니다."

그는 내게 미소 지어 보였다. 그러자 그의 얼굴도 더 이상은 무서워 보이지 않았다.

"지금 저희는 모래섬 근처에 있는 것 같습니다. 위도 15도, 경도 80도쯤 될 겁니다. 그 망할 놈의 어뢰 공격을 받았을 때쯤에 아마 그 근처를 지나고 있었을 거예요. 지금은 해가 뜬 지 두어 시간쯤 된 것 같아요."

나는 사방을 둘러보았다. 보이는 것이라곤 푸른 파도와 드문드문 보이는 적갈색 해초뿐, 하토 호의 모습은 온데간데없었고, 다른 뗏목이나 보트의 모습도 마찬가지였다. 그저 바다, 그리고 그 위를 맴도는 새 몇 마리뿐이었다. 그 적막한 바다의 모습, 머리에 느껴지는 날카로운 고통, 그리고 엄마 대신 웬 흑인과 단둘이 있다는 사실을 깨닫는 순간 눈에서 눈물이 줄줄 흘러내렸다.

그러자 그 흑인이 핏발 선 눈으로 나를 바라보며 말했다.

"이런! 도련님, 저 티모시도 지금껏 살면서 그렇게 울고 싶은 적이 한두 번도 아니었습니다만, 솔직히 그래봤자 무슨 소용이 있겠습니까, 예?"

그의 목소리는 깊은 칼립소 풍이었고, 부드러우면서도 음악적인 것이, 마치 말 하나하나가 벨벳 천 위에 데굴데굴 굴러가는 느낌이었다. 그 말을 들으니 기분이 좀 나아졌지만 곧 머리가 지끈지끈 아팠다.

그는 고갯짓으로 고양이를 가리켰다.

"이놈은 '스튜'랍니다. 요리사가 키우던 고양이죠. 죽을힘을 다해 이 뗏목 위에 기어오르는데, 솔직히 바닷속으로 던져 버릴 엄두가 안 나더라구요."

스튜는 여전히 제 몸을 핥느라고 바빴다.

"바닷물이 온통 기름 범벅이 되었으니, 저놈도 아마 기름을 잔뜩 뒤집어썼을 겁니다."

나는 그 흑인을 좀 더 자세히 살펴보았다. 많이 늙었지만 아직까지는 힘이 세어 보였다. 시커먼 그의 팔뚝이며 어깨 주위로는 근육이 울퉁불퉁 솟아올라 있었다. 가슴은 널찍했고, 목은 웬만한 작은 나무 둥치와 맞먹었다. 그의 손과 발을 보았다. 거북이 등껍질처럼 갈라진 것이 딱딱해 보였다. 아마도 세월에 의해, 그리고 범선과 화물선의 뜨거운 갑판 위를 맨발로 걸어 다닌 까닭에 그렇게 된 것이겠지.

그는 내가 자기 모습을 유심히 살피는 걸 눈치 챈 듯, 부드럽게 말했다.

"그냥 누워 계셔요, 도련님. 좀 더 오래 쉬셔야 할 겁니다. 해를 똑바로 보지 마시구요. 빛이 너무 세니까요."

나는 멀미를 느끼고 뗏목 가장자리로 기어갔다. 그는 내 옆으로 다가오더니, 커다란 조개껍질 같은 손으로 내 머리를 받쳐 주었다. 적어도 그 순간만큼은 그가 흑인이고 못생겼다는 것이 별로 꺼려지지 않았다. 그가 중얼거렸다.

"괜찮아질 거예요. 괜찮아질 거라구요."

다 토해내고 나자, 그는 내 몸을 부축해서 뗏목 한가운데까지 데려다 주고 나서 이렇게 말했다.

"그건 아주 자연스러운 일입니다. 이렇게 끔찍하고 몹쓸 일을 겪었으니 충격이 심할 거예요."

나는 누워서 그가 힘센 팔로 뗏목 주위에 떠다니는 판자들을 끌어올리는 모습을 바라보았다. 그는 뗏목의 밧줄걸이 위에 판자들을 맞닿게 해서 삼각형 모양으로 두 개를 세우더니, 그 밑동을 뗏목 바닥재 사이의 틈새에 박아 넣었다. 그러곤 자기 셔츠와 바지를 훌렁 벗고는 나더러도 옷을 모두 벗으라고 했다. 나로선 그가 내 가죽 재킷이나 스웨터로 뭘 하려는지 도무지 짐작할 수가 없었다. 잠시 후에 우리는 뜨거운 햇빛을 피할 수 있도록 가리개가 쳐진 작은 움막을 하나 갖게 되었다.

그가 내 옆으로 기어들어와 누우면서 말했다.

"그래도 우린 운이 좋은 편입니다, 도련님. 뗏목을 띄웠을 때 물결이 그렇게 거칠지 않았고, 다행이 비스킷이며 초콜릿도 있는 데다가, 성냥깡통도 아직 젖지 않았으니까요. 그러니 정말이지 운이 좋은 편이라구요."

그는 나를 향해 씩 웃었다.

하지만 나는 우리가 그렇게 운이 좋은 편이라는 생각이 도무지 들지 않았다. 엄마가 어딘가 다른 보트나 뗏목에 타고 있을 거라 생각했지만, 그것도 확신할 수가 없었다. 빌렘스타트에 남아 계신 아빠가 떠올랐다. 지금 내가 어디에 있는지 아빠에게 알릴 방법이 없다고 생각하니 정말이지 눈앞이 캄캄했다. 아빠라면 몇 시간 내에 배와 비행기를 총동원해서 나를 찾아 나설 텐데.

덩치 큰 검둥이는 내 얼굴에 나타난 표정을 읽은 모양이었다.

"절망하지 말아요, 도련님. 반드시 누군가가 우리를 꼭 발견할 겁니다. 이 항로는 워낙 지나가는 배들이 많은데다가, 자메이카로 가는 항로이기도 하니까요."

잠시 후, 물결에 따라 서서히 위아래로 흔들리는 뗏목의 움직임이며 바다 위에 떠다니는 기름통에 철썩철썩 부딪히는 파도 소리에 취한 나는 또다시 잠이 들었다. 나는 너무나도 지쳐 있었고, 머리는 여전히 지끈거렸다. 아무래도 나무토막이 내 왼쪽 머리를 강타한 모양이었다.

다시 눈을 떴을 때에는 느지막한 오후였다. 태양은 이미 낮게 기울어 있었고 불어오는 바람은 시원했다. 하지만 몸에서는 오히려 열이 났고, 고통 역시 아직 사라지지 않고 있었다. 검둥이는 내게 등을 돌린 채 앉아서 칼립소 리듬에 맞춰 흥얼거리고 있었다. 그의 등은 커다란 검은 벽 같았다. 한쪽 어깨에는 섬뜩해 보이는 상처가 나 있었다.

"이름이 뭐야?"

내 목소리를 들은 그가 활짝 웃으며 고개를 돌렸다.

"아, 일어나셨군요. 그러잖아도 주무시기에 저 혼자 심심해하던 참이랍니다."

내가 다시 물었다.

"이름이 뭐냐니까?"

"저 말입니까? 티모시랍니다."

"그럼 성은?"

그가 웃었다.

"전 이름이 하나예요. 티모시 하나요."

"나는 필립 엔라이트야, 티모시."

우리 아빠는 내게 항상 어른에게는 '선생님'이라는 존칭을 붙여야 한다고 하셨지만, 보아하니 티모시는 '선생님' 축에 드는 사람은 아닌 것 같았다. 게다가 그는 흑인이니까.

"제가 아는 사람 중에도 세인트존 근처에서 어부 일을 하는, 정말이지 용감하다 못해 무모하기로 유명한 필립이 하나 있죠."

그는 쿡쿡거리며 낮게 웃었다.

"물 좀 줘."

"햇빛이 너무 뜨겁죠?"

그는 이해한다는 듯 고개를 끄덕이고는 뗏목 한구석의 짐칸 뚜껑을 열어 높이가 60센티미터쯤 되는 작은 물통을 하나 꺼냈다. 그 옆에는 작은 양철 컵이 하나 끈으로 매달려 있었다. 그는 한 방울이라도 흘리지 않도록 최대한 조심해서 물을 따른 뒤에 나에게 건넸다.

"이렇게 아껴 먹어야만 해요. 그냥 입술만 적신다 치구요."

"왜 그래야 돼? 물통이 저렇게 큰데."

그는 텅 빈 바다를 한 번 둘러본 뒤에 나를 다시 바라보았다. 늙은 눈에 뭔가 공허한 빛이 엿보였다.

"겉으로 보이는 것만 커다랗지, 안에는 생각만큼 많이 들어가지 않아요."

"아까 그랬잖아. 얼마 있으면 구조될 것라고 말이야."

"아, 그거야 그렇죠."

그가 곧바로 대답했다.

"그래도 지금 갖고 있는 건 최대한 아껴야 합니다."

나는 그가 컵에 조금 따라준 물을 홀딱 마셔 버린 뒤에 좀 더 달라고 했다. 그는 아무 말도 없이 나를 바라본 뒤, 눈을 가늘게 뜨면서 이렇게 말했다.

"정말 아주 조금만입니다, 도련님."

입술은 바싹 마르고, 목은 완전히 타들어갔다. 나는 한 컵 가득 물을 마시고 싶었다.

"제발 한 컵 가득 따라 줘."

하지만 티모시는 컵 바닥에 간신히 고일까 말까 할 만큼 몇 방울을 따랐다.

"이게 뭐야!"

내가 불평했다. 지금 상태라면 컵 한가득 세 번을 연달아 마셔도 부족할 것 같았다. 하지만 그는 내 말을 무시하고 얼른 나무마개를 눌러 막았다.

"나 물 좀 더 줘, 티모시. 너무 덥단 말이야."

대답도 없이, 그는 뗏목의 짐칸 뚜껑을 열더니 물통을 잘 넣어두었다. 고집 센 늙은이 같으니라구. 티모시가 미웠다.

"도련님."

그가 다시 움막 밑으로 기어들어오면서 말했다.

"어쩌면 오늘 저녁에 소형 범선이 하나 이쪽으로 지나갈 겁니다. 만약 그렇게 되면, 저 물통에 있는 물을 전부 드셔도 뭐라 안 하겠습니다. 하지만 배가 지나가지 않는다면, 그때는 우리가 가진 물을 최대한 아껴야 하겠죠."

나는 반항조로 이렇게 말했다.

"분명히 올 거야. 우리 아빠가 지금 나를 찾으러 배를 여러 척 보냈을 거라구."

그는 내 쪽을 쳐다보지도 않은 채 이렇게 대꾸했다.

"그렇겠죠, 도련님."

그는 눈을 꾹 감고는 더 이상 아무 말도 하지 않았다. 이제 그는 몸을 쭉 뻗은, 조용한 검은 살덩어리에 불과했다.

걷잡을 수 없이 눈물이 났다. 그는 내가 우는 소리를 듣고도 남았겠지만, 얼굴 근육 하나 움직이지 않았다. 심지어 그로부터 최대한 멀어지기 위해 움막에서 나와 보트 한구석까지 기어갔는데도,

그는 내 쪽으로 고개 한 번 돌리지 않았다. 나는 한참 동안 뗏목 한구석에 누워서 스튜라는 고양이의 등을 쓰다듬으며 집 생각에 잠겼다.

이전까지는 전혀 몰랐지만, 그제야 엄마가 옳았다는 생각이 들었다. 엄마는 흑인을 안 좋아했다. 내가 헨릭과 함께 세인트 안나 만에 내려가 범선 사이를 오가며 노는 것도 안 좋아했다. 하지만 우리는 거기서 노는 게 재미있었다. 흑인들은 우릴 보며 웃기도 하고, 가끔은 바나나 파파야를 던져 주기도 했다.

우리가 거기 가서 놀다 온 걸 알게 될 때마다 엄마는 말했다.

"그 사람들은 우리하고 같지가 않아, 필립. 그 사람들은 생긴 것도 우리랑 다르고, 사는 것도 우리랑 달라. 애초부터 그렇게 정해져 있었다구."

하지만 큐라소 섬에서 흑인들과 함께 어울리며 자라난 헨릭은 어째서 우리 엄마가 그런 생각을 하는지 도무지 알 수 없어했다.

나는 티모시를 향해 꽥 소리를 질렀다.

"너 혼자 다 먹으려고 그러는 거지!"

잠들지 않은 게 분명했다. 하지만 아무런 대꾸도 없었다.

하늘이 짙은 푸른색으로 변해 갈 무렵, 티모시는 자리에서 일어나 주위를 둘러보았다. 그는 뭔가 못마땅한 표정으로 나를 흘끗 바라보며 말했다.

"운이 좋으면 날치가 몇 마리 뗏목 위로 떨어질 겁니다. 날치를 먹으면 비스킷을 몇 개라도 더 아낄 수 있어요. 게다가 물고기에는 물도 들어 있으니까요."

비록 배가 고프긴 했지만, 막상 물고기를 날로 먹는다고 생각하니 전혀 내키지가 않았다. 나는 아무 대꾸도 하지 않았다.

날이 어두워지기 직전에 정말로 날치가 물 위에서 튀어 올랐다. 날개처럼 생긴 짧은 지느러미 덕분에 한 번에 6미터에서 9미터, 혹은 그 이상까지도 뛰어오를 수 있다고 했다.

커다란 놈 하나가 수면에서 튀어 오르더니 뗏목 바닥에 떨어졌다. 티모시는 그놈을 붙잡고 신이 난 듯 환호성을 올렸다. 칼자루로 물고기 머리를 툭 치더니 움막 아래 던져 두었다. 아까보다는 작은 또 한 마리가 떨어졌다. 티모시는 그놈도 얼른 붙잡았다.

주위가 완전히 깜깜해지기 전에 티모시는 두 마리 모두 비늘을 벗긴 다음, 양 옆에서 살점을 잘라냈다. 그 가운데서 가장 큰 조각 두 개를 내게 내밀었다.

"이걸 드세요."

그가 명령했고 나는 고개를 저었다.

티모시는 스러지는 빛 속에 비친 내 얼굴을 바라보며 다시 부드럽게 말했다.

"오늘은 이것밖에 먹을 게 없어요. 그러니 이거라도 드시는 게 좋을 거예요, 도련님."

이 말을 뱉기가 무섭게 그는 물고기 살 조각 하나를 입에 가져가서는 요란스럽게 쭉쭉 빨아먹기 시작했다.

엄마 말이 맞아. 흑인들은 뭐가 달라도 달라. 물고기를 날로 먹다니!

나는 그에게서 등을 돌려 뗏목 위에 엎드렸다. 따뜻하고도 안전한 보금자리가 있었던 큐라소를, 스하를로에 있던 으리으리한 우리 집을, 그리고 아빠를 생각하고 또 생각했다. 문득 내가 지금 이렇게 고집 세기 짝이 없는 늙은 흑인과 한 뗏목에 있으면서 이 고생을 하는 것도 다 엄마 때문이라는 생각이 들었다. 이 모두가 엄마 때문이다. 섬을 떠나자고 그렇게 성화를 부리지만 않았어도…….

나는 화가 나서 불쑥 말했다.

"우리 엄마만 아니었더라도, 내가 너 따위랑 여기 이러고 있진 않았을 거야."

티모시는 어둠 속에서도 줄곧 내 쪽을 바라보고 있다가 이렇게 말했다.

"왜요, 댁의 어머님께서 이 망할 놈의 전쟁을 시작하기라도 하셨

답니까, 도련님?"
 그의 모습은 뗏목 저편에서 어둑어둑한 윤곽으로만 알아볼 수 있을 뿐이었다.

4

칠흑 같은 어둠이 바다를 뒤덮더니 금세 춥고 습해졌다. 티모시는 움막을 무너뜨렸고, 우리는 셔츠와 바지를 다시 입었다. 소금기 때문이 옷이 뻣뻣하고 끈적끈적했다. 거세진 바람이 뗏목 주위에서 미세하고 차가운 물안개를 튀겼다. 하늘에 별이 떠 있었다.

티모시와 나는 뗏목 한가운데 나란히 누웠다. 뗏목은 정처 없이 바다 위에 떠 있었다. 고양이 스튜는 내 발바닥에 등을 대고는 몸을 둥글게 말았다. 따뜻한 체온이 전해져 기분이 좋았다.

문득 참 이상하다는 생각이 들었다. 버지니아 출신의 소년인 내가 바다 한가운데서 이 덩치 큰 검둥이와 나란히 누워 있다니. 하긴 어쩌면 티모시도 나와 똑같은 심정일지도 몰라.

한 번은 무의식중에 서로의 몸이 닿았다. 둘 다 얼른 몸을 떼어

냈지만, 내 쪽이 약간 더 빨랐다. 버지니아의 흑인들은 한 마을에서도 항상 자기네 동네에서만 살았고, 우리는 우리 동네에서만 살았다. 몇 번인가 아빠를 따라 유색인종 마을에 늘어선 판잣집 사이를 지나간 적은 있었다. 맞아, 그중 한 집에서는 매운 양념을 한 게 요리를 팔았었지.

여름이면 강을 따라 낚시를 하거나 벌거벗고 헤엄을 치는 흑인들이 많았지만 내가 개인적으로 아는 사람은 없었다. 빌렘스타트에서도 잘 모르기는 마찬가지였다. 하지만 헨릭 판 보번은 흑인들을 잘 알았고, 그래서인지 나보다는 훨씬 편하게 흑인을 대했다.

"티모시는 집이 어디야?"

"세인트토머스요. 세인트토머스의 샬롯아말리에란 곳이죠."

그가 덧붙였다.

"버진아일랜드예요."[12]

"그럼 미국 사람이구나."

우리나라가 덴마크에서 버진의 영토를 사들였다는 걸 학교에서 배운 기억이 났다.[13]

---

12 카리브 해 북동부의 버진아일랜드는 모두 80여 개의 크고 작은 섬으로 이루어진 곳이며, 그중 절반가량은 영국령, 나머지 절반가량은 미국령이다. 세인트토머스 섬의 항구도시 샬롯아말리에는 미국령 버진아일랜드의 주도(主都)이다.
13 미국은 1917년에 덴마크로부터 버진아일랜드를 구입했다.

그는 웃었다.

"아, 그것도 그러네요, 도련님. 저는 한 번도 그런 생각을 안 해봤지만요. 저야 배를 타고 늘 여기저기 돌아다녔죠. 베네수엘라며, 콜롬보며, 파나마며……. 그런데도 제가 미국 사람이란 생각은 한 번도 안 해봤어요."

"그럼 부모님은 아프리카 사람이야, 티모시?"

그는 또다시 웃었다. 낮고도 부드러운 웃음소리였다.

"도련님, 제가 정말로 아프리카에서 왔다고 하길 바라시나요?"

"아니, 그냥 궁금해서 물어본 거야."

티모시는 내가 아프리카 정글 사진에서 본 사람들이랑 너무 닮았다. 왜, 코는 납작하고 입술은 두툼한 그 모양새 말이다.

그는 고개를 저었다.

"저야 이 섬밖에는 아무것도 기억나는 게 없는걸요. 말도 안 되는 소리 같지만, 그 아프리카인지 뭔지 하는 데에 대해서는 아무것도 기억나는 게 없어요."

나는 그의 말이 사실인지 아닌지 알 수가 없었다. 내가 보기에 그는 진짜 아프리카 사람 같았다.

"그럼 티모시 엄마는 어디 사람이었는데?"

이제 그의 목소리에는 아까보다 더 깊은 웃음이 숨어 있었다.

"아까보다 더 말도 안 되는 소리 같지만, 우리 아버지나 어머니에 대해서도 기억나는 게 없네요. 대신 저를 키워 준 아주머니는 있었죠, 해너 검스라고……."

"그럼 티모시는 고아인 거네."

"아마 그럴 겁니다, 도련님. 아마 그럴 거예요."

그는 킥킥 웃었다. 굵고도 깊은 소리로.

나는 그를 넘겨다 보았지만, 이번에도 역시 그의 어두운 형체는 마치 커다란 덩어리처럼 보일 뿐이었다.

"나이는 몇 살이야, 티모시?"

"그게 참말로 아리송한 건데 말이죠. 아마 육십은 더 됐을 겁니다. 이놈의 다리 근육이 늘 말을 안 듣고 말썽만 피우니까 그건 잘 알죠. 하지만 정확히 몇 살인지는 저도 잘 모르겠습니다."

나는 좀 놀랐다. 세상에 자기 나이가 몇 살인지도 모르는 사람이 있다니. 그것만 봐도 티모시가 사실은 아프리카에서 온 것이 분명하다는 생각이 들었지만, 그에게 이야기하진 않았다.

"난 열두 살이야."

다시 말해, 나는 열두 살이나 되었으니 더 이상 나를 그 나이의 절반도 안 먹은 애처럼 취급하지 말라, 이런 말을 하고 싶었다.

"아, 그 나이 때가 사실은 참 중요한 거죠. 자, 이젠 다시 눈을 좀 붙이도록 하죠. 내일도 아마 긴 하루가 될 겁니다. 해야 할 일도 많을 거구요."

나는 낄낄 웃었다. 아무것도 없는 뗏목 위에서 우리가 할 일이 뭐가 있단 말인가. 기껏해야 소형 범선이나 비행기가 지나가는지 쳐다보는 것뿐이겠지.

"우리가 해야 할 일이 뭔데?"

어둠 속에서 그의 눈이 내 눈을 찾아 두리번거리는 듯했다. 그는 팔꿈치를 받쳐 몸을 일으켜 세우며 말했다.

"살아남는 거죠, 도련님. 바로 그걸 해야 되는 겁니다."

갑자기 몸이 덜덜 떨려 왔다. 추위 때문이기도 했지만, 그보다는 두려움 때문이었다. 만약 뗏목이 여차 하다가 갈라져 나가기라도 하면 상어가 나타나 우리를 갈기갈기 찢어 놓겠지, 맞아.

다시 머리가 깨질 듯 아프기 시작했다. 낮 동안에는 고통이 좀 덜했지만, 이제는 머리 양쪽에서 누가 계속 망치질이라도 하는 것 같았다. 초저녁쯤 되어서였나, 내 이마에서 그의 거친 손길이 느껴졌다. 그는 나를 번쩍 들어 자기 반대편으로 옮겨 놓았다. 그가 중얼거렸다.

"도련님, 바람이 바뀌었어요. 이쪽에 계시는 게 더 따뜻할 겁니다."

나는 여전히 덜덜 떨고 있었다. 곧이어 그가 자기 등을 내게 바짝 갖다 붙였고, 고양이 스튜도 다시 내 발바닥에 등을 대고 자기 체온을 전해 주었다. 그렇게 달라붙어 있으니, 티모시의 냄새를 맡을 수 있었다. 우리 아빠나 엄마한테서 나는 냄새랑은 달랐다. 아빠한테서는 머릿기름이며 면도크림 냄새가 났고, 엄마한테는 향수나 비누 냄새가 났다. 티모시의 냄새는 전혀 다르면서도 진했다. 유조선 갑판 위에서 짐을 내리던 흑인들에게서 나던 냄새였다. 하지만 머지않아 그의 냄새를 싫어하지 않게 되었다. 그의 등이 아주 따뜻했기 때문이다.

긴 밤 내내, 뗏목은 가벼운 물살에 이리저리 흔들리고 있었다.

내가 보기에 그는 밤새 잠을 제대로 못 잔 것 같았다. 하긴 나이 많은 사람들은 원래 잠을 잘 못 잔다는 이야기도 있으니까. 잠에서 깨어나 보니 동쪽에는 옅은 빛줄기가 비치고 있었다. 티모시가 말했다.

"잘 주무셨습니까, 도련님. 머리는 좀 어떠신가요?"

"아직도 아파."

나는 솔직히 말했다.

"머리를 다치면 다시 멀쩡해질 때까지 며칠은 걸린답니다."

그는 짐칸을 열고 물통과 양철통을 꺼냈다. 양철통 안에는 비스킷, 초콜릿, 성냥이 들어 있었다.

나는 자리에서 일어났다. 머리가 핑 돌았다. 그는 내게 물 반 컵과 딱딱한 비스킷 두 개를 주고, 스튜한테는 어제 먹고 남은 날치

찌꺼기를 줬다. 아무 말 없이 그걸 먹는 사이, 잔잔하고 기름투성이인 바다 위로 날이 서서히 밝아오기 시작했다. 바람은 벌써 잦아들었고, 햇볕은 따갑게 내리쪼이기 시작했다.

티모시는 비스킷 반쪽을 천천히 씹어 먹었다.

"오늘은 말이죠, 도련님. 분명히 배가 한 대쯤 지나갈 겁니다. 제가 맹세하죠."

"나도 그랬으면 좋겠어."

"제 생각에는 프로비덴시아나 산 안드레스가 여기서 별로 멀지 않은 것 같아요."[14]

나는 티모시를 빤히 쳐다보았다.

"거기도 무슨 섬이야?"

그가 고개를 끄덕였다.

그런데 우리 사이에 막, 아니 아지랑이 같은 것이 떠 있는 것 같았다. 나는 눈을 감고 주먹으로 비빈 다음에 다시 떠 보았다. 여전히 아지랑이가 피어 올랐다. 이번에는 완전히 수평선 위로 떠오른 빨갛고 둥근 태양을 흘끗 바라보았다. 이상하게도 햇빛이 흐릿해 보였다.

"눈이 좀 이상한 것 같아."

---

14 두 곳 모두 카리브 해 서부에 위치한 콜롬비아의 작은 산호섬이다.

"이런, 조심하시라고 했잖아요! 어제 해를 너무 쳐다봐서 그렇게 된 걸 거예요."

그래, 그래서일 거야! 해를 너무 오래 쳐다봐서 그런 걸 거야.

"오늘은 절대로, 물도 한 번 쳐다보지 마세요. 반사되는 햇빛도 눈에 안 좋긴 마찬가지예요."

티모시는 어제처럼 판자를 세워서 삼각형을 만들었고, 나는 옷을 벗었다. 그가 내 바지와 셔츠를 판자에 걸쳐 놓기를 기다렸다가 나는 움막 속으로 기어들어갔다. 이제 머리는 견딜 수 없을 정도로 아팠다. 나는 끙끙거리며 앓기 시작했다. 티모시는 움막에 지붕 삼아 걸쳐 놓은 자기 셔츠 한 자락을 찢어내 깨끗한 물에 적신 다음, 내 눈을 덮어 주었다. 그의 목소리에는 근심이 깃들어 있었다.

잠시 후 나는 눈에서 천 조각을 걷어내고 위쪽을 바라보았다. 움막 안은 어두컴컴했지만, 고통은 서서히 사라져 가고 있었다.

"아까보다는 덜 아픈 것 같아."

"아, 그것 보세요. 제가 뭐랍니까. 시간이 좀 걸린다고 그랬죠, 도련님."

나는 차가운 천 조각을 다시 눈에 덮고 잠이 들었다. 잠에서 깨어나 보니 벌써 밤이었다. 그런데도 공기는 여전히 후끈거렸고, 뗏목 저편에서 불어오는 바람도 여전히 따뜻했다. 신기하다고 생각하며 그냥 누워 있었다.

"지금 몇 시쯤 됐어?"

"한 열 시쯤요."

"밤 열 시?"

"아뇨, 낮이오."

그가 어리둥절한 목소리로 말했다.

나는 손을 얼굴 앞에 들어보았다. 아무리 칠흑같이 어두운 밤이라 하더라도 자기 손이 어디 있는지는 볼 수 있는 법이다. 그런데 전혀 안 보였다.

"안 보여! 눈이 안 보여!"

나는 소리를 질렀다.

"뭐라구요?"

그 역시 깜짝 놀라 소리쳤다.

그가 내 얼굴 위로 자기 얼굴을 들이민 모양이었다. 그의 숨결이 내 얼굴에 와 닿았다.

"도련님, 그럴 리가 없어요. 안 보인다뇨."

그는 나를 붙들고 움막 밖으로 끌어냈다.

"저 해를 좀 보세요."

자기 손으로 내 얼굴을 붙들더니 태양 쪽으로 향하게 했다. 강한 열기가 느껴졌지만, 사방은 어둡기만 했다.

그가 내 얼굴을 해 쪽으로 붙잡고 있는 동안, 마치 영원히 지속

될 것만 같은 침묵이 흘렀다. 그러다가 아주 긴, 몸서리치는 듯한 한숨이 그의 커다란 몸에서 흘러나왔다. 그가 아주 부드러운 목소리로 말했다.

"자, 도련님. 이제 누워서 좀 쉬세요. 그러면 다시 괜찮아질 겁니다. 그저 잠깐 동안만 그런 것뿐일 거예요."

왠지 그의 목소리가 공허했다.

나는 햇빛에 달궈진 뗏목 바닥에 주저앉아 눈을 깜박이고 또 깜박이면서 내 눈에 드리워진 어둠의 장막을 들어올리려 해보았다. 눈을 만져도 봤는데 느낌으로는 예전과 별 차이가 없었다. 그때 문득 더 이상 머리가 아프지 않다는 걸 깨달았다. 머리는 씻은 듯 나았지만, 대신 눈이 멀어 버린 것이다.

나 자신의 목소리조차도 마치 어디 먼 곳에서 들려오는 듯 아득했다.

"머리가 하나도 안 아파, 티모시. 이젠 하나도 안 아파."

그는 뭔가를 한참 생각하고 있던 모양이다. 몇 분이 지나서야 대답했다.

"예전에 한 번은 말이죠, 그러니까 바베이도스[15] 근처에서요. 어떤 사람이 돌아가는 돛대에 머리를 맞아서 크게 다친 적이 있었

---

15 카리브 해 동부에 위치한 섬.

죠. 그 사람도 눈이 멀었었어요. 사흘 내내 보이는 건 어둠뿐이었다죠. 그러다가 사흘 뒤에 기적적으로 싹 나았습니다."

"그럼 나도 그런 거란 말이야?"

"제가 보기에는 그런 같네요, 도련님."

그리고 나서 그는 더 이상 아무 말도 하지 않았다.

어둠 속에 누운 채 뗏목이 삐걱대는 소리에 귀를 기울이며 뗏목의 움직임을 느끼고 있는데, 갑자기 모든 설움이 울컥 하고 올라왔다. 바다 위에서 표류하는 신세인데 이제는 눈까지 멀다니.

나는 엄마 아빠를 목놓아 부르며 뗏목 위를 기어갔다. 하지만 곧 크고 강한 손에 팔이 붙들렸다. 티모시는 나를 꼭 붙들고는 낮고도 부드러운 목소리로 계속 같은 말만 되풀이했다.

"도련님, 도련님."

내 눈이 멀었다는 사실을 알게 되고 나서부터의 한 시간. 그 시간을 결코 잊지 못할 것이다. 어찌나 겁이 났던지 숨조차 쉴 수가 없었다. 마치 다시는 나올 수 없는, 사방이 깜깜한 어딘가에 갇혀 있는 느낌이었다.

어느 순간에 이르자 나의 두려움은 분노로 변했다. 나를 엄마랑 같이 바다에 빠져 죽게 하지 않은 티모시가 원망스러웠다. 나를 이 바다 한가운데 뗏목 위에 있게 한 우리 엄마가 원망스러웠다. 나는 티모시를 마구 때렸다. 내 기억에 그는 이렇게 말했던 것 같다.

"그러세요. 그래서 속이 편해지시겠거들랑 그러시라구요."

잠시 후, 나는 너무나도 지쳐서 그만 뜨거운 뗏목 바닥에 뻗고 말았다.

5

아마 우리가 뗏목 위에 있은 지 사흘째 되는 날 정오쯤이었을 거다. 티모시가 잔뜩 긴장된 목소리로 말했다.

"모터 소리가 들리는데요."

"모터 소리?"

"쉬이잇."

나도 귀를 기울여 보았다. 정말, 바닷물이 철썩거리는 소리 너머로 희미하게나마 멀리서 엔진 소리가 들려오는 것이었다. 곧이어 티모시가 일어나 돌아다니는 소리가 들렸다.

"비행기예요."

내 가슴은 쿵쾅쿵쾅 뛰기 시작했다. '우리를 찾고 있는 거야.' 나는 주위를 더듬으며, 은신처에서 엉금엉금 기어나와 소리가 들리는 쪽을 향했다. 물론 아무것도 볼 수는 없었지만.

짐칸 문 여는 소리가 끼익 하고 들렸다. 티모시는 혹시나 우리가 떠드는 바람에 그 소리가 사라져서는 안 된다는 듯, 나지막하게 중얼거렸다.

"연기를 피우면 우리가 여기 있다는 걸 알 수 있을 거예요, 틀림없어요."

그는 움막의 삼각 받침 가운데 하나를 떼어냈다. 곧이어 천 찢어지는 소리가 들렸다.

"횃불을 하나 만들었어요, 도련님. 저 위에 있는 양반이 이 연기를 보고 달려올 거예요. 그래요, 암요."

약하게 웅웅거리는 비행기 소리는 이제 더 가까워진 것 같았다. 천 조각이 타는 냄새가 났다. 티모시가 천 조각을 끝에 매단 나무 막대를 공중에 대고 흔드는 모양이었다.

"여기야, 여길 좀 봐!"

그가 소리쳤다. 하지만 웅웅거리는 소리는 이미 희미해지고 있었. 티모시가 외쳤다.

"보여요, 보여! 왼쪽이에요!"

나는 어떻게든 내 눈에 덮인 어둠을 헤치고 그 광경을 보고 싶었다.

"우리 쪽으로 오는 거야?"

"모르겠어요. 저도 모르겠어요, 도련님!"

티모시는 흥분한 듯 말했다. 하지만 더 이상 비행기 소리는 들리지 않았다. 그저 바닷물 소리뿐이었다.

"이젠 소리가 안 들리는데."

티모시는 더 크게 외쳤다.

"여기야, 여길 좀 봐! 여기 뗏목 위에 눈 먼 소년하고, 나이 많은 늙은이하고, 고양이 스튜하고 같이 있어! 여길 좀 봐! 제발!"

웅웅거리는 소리는 더 이상 들리지 않았다. 그저 바닷물 찰싹거리는 소리와, 우리 움막에 걸쳐 놓은 옷자락이 바람에 펄럭이는 소리뿐이었다.

우리는 또다시 망망대해에서 외톨이가 되었다.

침묵 끝에, 티모시가 횃불을 바다에 넣어 끄는지 치익 하는 소리가 들렸다. 그는 깊은 한숨을 내쉬었다.

"다음에는 정말 잘될 거예요. 일단 횃불을 말려 놓고 나면, 다음에는 정말 제대로 될 거예요."

그는 내 곁에 주저앉았다.

"이깟 일 때문에 속상해해 봤자 좋을 것 하나 없어요. 결국 비행기 다니는 길에서 멀리 떨어지지 않았다는 건데, 아마 배도 다니고 할 거예요."

나는 아무 말도 하지 않은 채, 세운 무릎에 머리를 파묻었다.

"너무 속상해 마요, 도련님. 오늘 중으로 구조대가 우릴 발견할 거예요, 진짜루요."

하지만 길고도 뜨거운 낮이 지나가 버릴 때까지 아무것도 나타나지 않았다. 티모시는 계속해서 바다를 샅샅이 살펴보는 모양이었다. 바다는 너무나도 잔잔해서, 마치 뗏목도 항상 그 자리에 있는 것만 같았다. 나는 뗏목 가장자리로 기어가서 따뜻한 바닷물에 손을 넣어 보았다. 티모시가 금세 내 뒤에 와서 섰다.

"조심하세요, 도련님. 상어란 놈들은 노상 배고파하기 때문에, 배에서 사람이 떨어지기만 노리거든요."

가장자리에서 물러서며 내가 물었다.

"정말 여기 상어가 많아?"

"많고 말구요. 그래도 뗏목이 있는 한 우리를 함부로 해코지하진 못할 겁니다."

빌렘스타트에 있을 때에도, 요새 벽 쪽에 서 있으면 가끔 물 위에 튀어나온 상어 등지느러미가 보이곤 했다. 뤼이테르카더 부두의 시장에 가면 입을 활짝 벌리고 날카로운 이빨을 드러낸 상어의 모습을 볼 수 있었다.

나는 움막 속으로 다시 기어들어가 한동안 스튜를 쓰다듬었다. 고양이는 기분이 좋은 듯 가르랑거리며 내 몸에 찰싹 달라붙었다. 눈이 멀어 버리기 전에 스튜의 모습을, 그리고 티모시의 모습을 미리 볼 수 있었던 게 다행이다 싶었다. 뗏목에서 정신을 차렸을 때부터 눈이 멀었더라면, 그래서 나와 함께 있는 그들이 어떻게 생겼는지도 몰랐더라면 얼마나 끔찍했을까.

티모시는 내가 스튜와 그러고 있는 모습을 내내 지켜본 모양이었다.

"사실 고양이가 있다는 게 행운의 조짐은 아니죠."

하지만 잠시 후 그는 이렇게 덧붙였다.

"그래도 고양이가 죽는 것보단 나을 거예요. 그건 정말로 불운의 조짐이니까요."

"난 스튜가 불운의 조짐 같지는 않아. 얘가 우리랑 같이 있어서 좋아."

티모시는 내 말에 대답하지 않았다. 아마 내게서 등을 돌려 다시 바다 쪽을 쳐다보는 모양이었다. 그가 커다랗고 상처 난 검은 얼굴에 자리 잡은 핏발 선 눈으로 바다 위를 샅샅이 훑어보는 광경이 머릿속에 떠올랐다.

"저 밖에는 뭐가 보이지는 말해 줘, 티모시."

이제는 그걸 아는 게 무척이나 중요했다. 나는 저 밖에 뭐가 있는지 전부 알고 싶었다. 그는 웃었다.

"그냥 푸른 바다뿐이에요. 가도 가도 그저 바다뿐이죠."

"딴 거는 없어?"

그는 내가 무슨 말을 하려는지 비로소 깨달은 모양이었다.

"아, 물론 있죠, 도련님. 저기 물고기 한 놈이 툭 튀어 오르네요.

저건 큰 물고기가 저놈 뒤를 쫓아왔다는 뜻이죠. 그리고, 어디 보자. 왼쪽에는 거북이 한 놈이 지나가는데, 원, 너무 멀어서 잡지는 못하겠고……."

이제는 그의 눈이 곧 내 눈이었다.

"하늘에는 뭐 없어, 티모시?"

"하늘예요?"

그는 하늘을 올려다보는 모양이었다.

"구름 한 점 없어요, 도련님. 그냥 어제처럼 새파란 하늘뿐이에요. 아, 가끔씩 바다제비란 놈이 하나씩 보이네요. 아까는 가마우지란 놈도 있더니……."

나는 그날 처음으로 킥킥 웃었다. 새 이름이 너무 우스웠다.[16]

"가마우지가 뭐야?"

티모시는 상당히 진지했다.

"오늘 본 그 가마우지는 대가리가 새파란 것이, 세라냐 뱅크[17]에 둥지를 튼 놈인 것 같아요. 뭐, 아닐 수도 있지만요. 그놈들은 물고기를 잡아먹고 살거든요. 그놈들이 있는 걸 보면 육지가 가깝다는 뜻이니까, 제가 안 그래도 유심히 쳐다봤죠."

---

16 여기서 '가마우지'를 뜻하는 영어 '부비'는 '얼간이'나 '바보'를 의미하는 속어이기도 하다.
17 카리브 해 서부에 위치한 섬의 이름.

"가마우지는 어떻게 생겼어, 티모시?"

"뭐, 별다르지는 않아요. 꼬리는 초콜릿 색깔이고, 부리는 날카롭고, 몸통은 대부분 하얗죠."

가마우지의 모습을 머릿속에 그려보았다. 과연 그 새를 볼 수 있는 날이 오기는 할까? 문득 그런 생각이 스쳤다.

6

아침 일찍(그건 쉽게 알 수 있었다. 공기가 아직 시원하고, 뗏목 위도 축축했으니까) 티모시가 소리를 질렀다.

"섬이 보여요! 진짜루요."

어찌나 신이 났던지, 나는 벌떡 일어나 걷다가 그만 발을 헛디뎌 뗏목 밖으로 떨어지고 말았다.

"티모시! 티모……."

나는 물 위로 떠오를 때마다 티모시를 부르며 헐떡였다. 첨벙! 티모시가 물에 뛰어든 모양이었다.

뭔가가 다리를 스치기에 티모시인 줄 알았다. 나는 수영을 할 줄 알았지만, 눈이 안 보이는 상황에서는 어느 쪽을 향해 헤엄쳐야 할지 모르는 법이다. 그래서 계속 물장구를 치며 떠 있기만 했다. 그때 문득 티모시의 겁에 질린 목소리가 들려왔다.

"상어예요!"

티모시는 곧장 나 있는 쪽으로 헤엄쳐 왔다.

그는 내 머리카락을 한손으로 부여잡고 다른 팔로는 부지런히 헤엄쳤다. 나는 숨을 쉬기 위해 고개를 반대 방향으로 돌렸다. 다음 순간 내 몸이 어디론가 휙 던져지는 것 같더니, 정신을 차렸을 때에는 이미 뗏목 위였다. 나는 헐떡이며 숨을 고르고 있었다. 티모시는 아직 물속에 있는지, 욕하는 소리와 함께 첨벙거리는 소리가 들려왔다.

기우뚱, 뗏목이 한쪽으로 쏠렸다. 티모시가 다시 뗏목 위로 올라온 것이다. 그는 숨을 헐떡이며 내 쪽으로 몸을 굽히고는 다짜고짜 소리를 질렀다.

"이런 멍청한 양반아! 내가 상어 조심하라고 몇 번이나 말했어!"

단단히 화가 난 게 분명했다. 거친 숨소리를 보아, 그가 거기 서서 나를 빤히 쳐다보고 있음을 알았다.

"상어가 계속 따라오고 있다니까!"

그는 울화통을 터뜨렸다.

"미안해."

"앞으로는 뗏목 위에서 절대 일어나지 말고 그냥 기어만 다니세요! 알겠습니까, 도련님?"

그의 목소리는 분노로 인해 굵어져 있었다. 나는 고개를 끄덕였다. 깊은 한숨을 몇 번 내뱉은 뒤에 그가 말했다.

"그나저나 어디 다친 데는 없습니까?"

그러고는 이젠 자기도 좀 쉬어야겠다고 생각했는지, 내 곁에 주저앉았다. 그의 숨소리는 여전히 거칠었다. 마침내 티모시가 다시 입을 열었다.

"여기서 물에 빠지면 죽는 건 순식간이에요."

그 와중에 섬에 대해서는 까맣게 잊어버리고 있었다. 내가 말했다.

"티모시, 아까 섬 봤다며!"

그가 웃었다.

"아, 그래요. 섬이요. 저기……."

"어디?"

티모시는 무뚝뚝하게 대꾸했다.

"저기요, 보이잖아요. 좀 보세요, 저기……."

나는 화가 나서 그에게 말했다.

"난 못 보잖아!"

티모시는 이 사실을 까맣게 잊고 있었나 보다. 그의 목소리는 다시 낮아져 있었다.

"아, 그렇죠, 도련님. 정말 그러네요! 이게 다 저놈의 상어 때문입니다. 새까맣게 잊고 있었네요."

티모시는 내 양쪽 어깨 위에 양손을 얹고는 나를 천천히 돌려 세웠다.

"저쪽 방향이에요, 도련님."

나는 뭔가 바라보려고 애쓰면서 티모시에게 물었다.

"사람들이 얼마나 살아?"

"아주 조그만 섬이에요, 코딱지만한."

"아니, 거기 사람들이 얼마나 사느냐니까?"

나는 그 섬에 사는 사람들을 통해 아빠랑 연락해서 곧바로 구조대를 보내 달라고 할 생각이었다.

티모시는 솔직히 대답했다.

"없어요, 도련님. 사람은 없어요. 저 섬에는 사람이 안 살아요. 먹을 물이 없거든요."

사는 사람이 없다니. 먹을 물이 없다니. 먹을 것이 없다니. 전화조차도 없다니. 그렇다면 뗏목보다 더 나을 것도 없는 셈이었다. 아니, 어쩌면 더 나쁠지도 몰랐다.

"여기서 얼마나 먼데?"

"3킬로미터쯤요."

"그럼 차라리 뗏목에 그냥 있는 게 안 나을까? 배나 비행기가 우릴 발견할 수도 있잖아."

티모시는 긍정적인 투로 말했다.

"아뇨, 육지에 있는 게 나을 겁니다. 마침 그쪽으로 흘러가고 있으니까요. 해류가 그 방향이에요."

목소리가 들뜬 것 같았다. 얼른 바다에서 벗어나고 싶은 모양이었다.

나는 우리 아빠가 비행기와 배를 내보내 우리를 찾고 있으리라고 확신하고 있었다.

"티모시, 해군이 우릴 찾고 있을 거야. 분명해."

티모시는 내 말에 대답하지 않았고 딴청을 부렸다.

"아주 그럴듯하게 생긴 섬이네요, 진짜로요. 백사장도 보이고, 그 뒤에는 모자반(식용으로 쓰이는 바다 식물) 덤불도 있고, 그 위에는 언덕에 야자나무도 있고. 한 스무, 서른 그루쯤 되네요."

이상했다. 아무리 눈이 좋다 해도 그렇게 멀리 떨어진 섬을 이렇게 정확히 볼 수는 없을 텐데…….

"티모시, 차라리 뗏목을 계속 타고 가다가 사람이 사는 좀 더 큰 섬을 찾아가면 안 돼?"

그는 내 말을 무시했다.

"어젯밤에 보니 뗏목 왼쪽께가 많이 가라앉아서 물이 안으로 밀려들더군요. 놀라실까 봐 굳이 깨우진 않았습니다, 도련님. 어차피 섬이 곧 나올 것 같고 해서……."

"나 그 섬에 가고 싶지가 않아서 그래."

내가 말했다. 하지만 그 순간만큼은 티모시는 이 세상에서 가장 고집 센 사람이었다. 그의 목소리는 강철처럼 확고부동했다.

"자, 그럼 저 섬으로 가는 겁니다, 도련님. 그렇게 하는 거예요."

그는 내 기분을 눈치 챈 듯 이렇게 덧붙였다.

"일단 이 섬에 있으면서 구조될 방법을 찾아보죠. 진짜루요, 맹세해요."

7

 시간이 한참 지난 것 같았는데, 알고 보니 겨우 한 시간쯤 되었나 보다. 티모시가 말했다.
 "놀라지 마세요, 도련님. 제가 물에 들어가서 이 뗏목을 바닷가까지 밀고 가야겠어요. 안 그랬다간 섬을 그냥 지나쳐 버릴 것 같아서요."
 다음 순간, 뗏목 한편에서 첨벙 하는 소리가 나더니 곧이어 물장구치는 소리가 들렸다. 이럴 때는 상어조차도 겁나지 않는 걸까? 곧이어 그가 소리 질렀다.
 "엎드려요, 도련님, 엎드려 있으라구요!"
 그의 발은 이미 모래를 딛고 있었다. 몇 분 뒤 뗏목이 확 기울어지는 것을 느끼며 드디어 섬에 도착했음을 알았다.

나는 바닷가에서 무슨 소리라도 들리지 않을까 싶어 귀를 기울였다. 누군가 반갑게 말을 걸어오지 않을까 싶었다. 하지만 그곳엔 아무도 없었다. 그저 낮은 파도가 밀려왔다 밀려가는 소리만 들릴 뿐이었다.

"여기요, 도련님. 제 등에 업히세요. 육지까지 데려다 드릴게요."

"스튜는?"

그는 기분 좋은 듯 껄껄 웃었다.

"한 번에 한 명씩 차례대로 해야죠, 도련님."

티모시는 나를 등에 업고 바닷물을 철벅이며 걸어갔다. 가는데 걸린 시간으로 보아, 뗏목이 있는 데서 그리 멀지는 않은 것 같았다. 그는 나를 땅 위에 내려 놓으며 외쳤다.

"육지예요."

따뜻한 모래가 발밑에 기분 좋게 와 닿았다. 더 이상 저 딱딱하고 축축한 뗏목 위에서 잠을 자지 않아도 된다는 게 너무 기뻤다.

"한번 만져 보세요, 도련님. 땅을 한번 만져 보시라구요. 기분이 끝내 준다니까요."

나는 땅을 향해 손을 뻗어 보았다. 모래 알갱이는 가루만큼이나 고왔다.

"아주 멋진 모래섬이에요, 여기는요. 지금까지 저도 한 번도 본 적은 없는 곳인데요."

그러더니 그는 나를 덤불 밑으로 데려갔다.

"여기서 좀 쉬고 계세요. 전 저 뗏목을 육지로 좀 더 끌어 놓아야 해요. 저걸 잃어버리면 큰일이니까요."

나는 그늘에 앉은 채 손가락 사이로 모래를 줄줄 흘려 보냈다. 카리브 해의 수많은 섬들 중에 우리가 도착한 섬은 과연 어느 곳인 걸까?

티모시가 해변 쪽에서 말했다.

"고기도 무척 많아요. 랑고스타도 있구요. 이럴 줄 알았다니까요. 이건 구워 먹으면 딱이에요."

내가 기억하기에 랑고스타는 이 근해에서 나는 집게발 없는 바닷가재였다. 티모시가 해변을 철벅거리고 뛰어다니는 소리가 들렸다. 아마도 뗏목을 최대한 위로 밀어 올리려는 것 같았다.

잠시 후, 그는 숨을 헐떡거리며 내 옆에 털썩 주저앉았다.

"아이구, 숨 좀 돌리자. 조금 있다가 섬을 한 바퀴 돌아봐야겠어요. 그 다음에 움막이라도 지을 자리를 골라보고……."

그는 내 무릎 위에 스튜를 올려 놓았다.

"무슨 움막?"

나는 스튜를 쓰다듬으며 물었다.

"어쩌면 여기 2, 3일은 있어야 할 테니까요. 그러려면 편히 쉴 곳이 있어야죠."

아마 그의 눈에도 내가 실망한 빛이 역력해 보였을 것이다. 기껏 섬이라고 해서 와 보았더니 사람이라곤 전혀 없는 곳이었으니까. 티모시는 자신 있게 말했다.

"우린 꼭 구출될 거예요, 진짜예요. 저녁이 되기 전에 덤불이랑 장작으로 크게 모닥불을 피울게요. 다음 번 비행기가 오면 우릴 볼 수 있을 거예요."

"근데 여긴 어디야, 티모시? 파나마 근처야?"

그는 천천히 대답했다.

"저도 잘 모르겠어요, 정확히 어딘지는요."

"무슨 뱅크가 있다고, 그 뱅크에서 가까운 섬이라고 그랬었잖아."

나는 과연 그가 한 말이 사실이었는지 의심스러워졌다. 어쩌면 그냥 노망 난 흑인 늙은이의 말이었는지도 몰랐다.

"제 말을 좀 들어보세요. 저는 북위 15도, 서경 80도 근방에 있는 뱅크나 작은 섬은 대부분 알고 있어요. 론카도르[18]하고 세라노, 키타 수에뇨[19]하고 세라냐하고 로살린드, 비컨하고 노스 섬. 그리고 거기서 좀 더 가면 프로비덴시아하고 산 안드레스……."

그는 잠시 말을 멈추었다가 이렇게 덧붙였다.

---

18 카리브 해 서부에 위치한 니카라과 연안의 섬.
19 카리브 해 서부에 위치한 콜롬비아의 섬.

"거기서 더 멀리까지 가면, 아마 케이맨 제도[20]가 나오고, 그 다음에 자메이카가 나올 거예요."

"근데도 이 섬은 어딘지 모른다는 거야?"

티모시는 진지하게 대답했다.

"정말이에요. 정말 어딘지 모르겠어요."

"그럼 배가 이 근처로 지나가긴 하는 거야?"

다시 한 번, 아주 진지하게, 티모시가 대답했다.

"고기 잡는 사람들은 고기를 따라다니게 마련이죠. 이 근처에도 고기는 많으니까요. 제 두 눈으로 똑똑히 봤으니 분명해요."

나는 여전히 티모시가 뭔가를 숨기고 있다는 느낌이 들었다. 그의 목소리를 들으면 알 수 있었다. 우리 아빠는 아무것도 숨기지 않고 솔직히 말해 주는데……. 아빠 말로는 뭐든지 솔직한 편이 막판에 가서는 더 낫기 때문이라고 했다. 티모시는 왜 솔직하게 말해 주지 않는 걸까.

그는 일어나서는 몇 분 안 걸릴 거라면서 섬을 둘러보러 갔다. 곧이어 스튜도 어디론가 가 버렸다. 나는 스튜를 불렀지만, 이미 멀리 가 버렸는지 대답이 없었다. 바닷가에 혼자 있다고 생각하니 문득 겁이 났다.

---

20 카리브 해 북서부에 위치한 3개의 섬으로 구성된 영국령이다.

티모시가 곁에 없으면 나는 너무나도 무력한 존재였다. 처음에는 스튜를 불렀지만 아무런 대답이 없자, 나는 티모시를 소리 높여 부르기 시작했다. 하지만 아무 대답이 없었다. 혹시 어디 높은 데서 떨어져 다친 건 아닐까. 나는 바닷가를 엉금엉금 기어가다가 어느 덤불에 머리를 들이박았다.

나는 주저앉아 찰싹찰싹 뺨을 때리며 얼굴로 달라붙는 날벌레들을 쫓았다. 그러다 뭔가 팔에 스치는 바람에 깜짝 놀라 꽥 소리를 질렀는데, 야옹 소리를 듣고서야 스튜란 걸 알았다. 나는 손을 뻗어 녀석을 꼭 끌어안았다. 잠시 후에 나뭇가지 부러지는 소리가 들려왔다.

"티모시?"

"예, 도련님."

그의 목소리가 꽤 멀리서 들려왔다.

나는 그가 좀 더 가까워지기를 기다렸다가 화를 내며 말했다.

"나만 두고 가지 마! 앞으로는 절대 나만 혼자 두고 가지 말란 말이야!"

그는 껄껄 웃었다.

"겁내실 것 하나도 없어요. 전 그냥 섬을 한 바퀴 돌아본 것뿐이에요. 모자반하고 모래하고 도마뱀 몇 마리랑 저기 야자나무 몇 그루뿐이더라구요."

"하여간 절대 나만 두고 가지 말란 말이야, 티모시!"

"알겠습니다, 도련님. 그렇게 할게요."

벌써 섬을 자세히 둘러본 모양인지, 그는 이렇게 말했다.

"물은 없는 모양인데, 그거야 별 문제 없을 겁니다. 아직 물통에 좀 남아 있는 게 있고, 다음에 비가 올 때 받아 놓으면 되니까요."

하지만 아직 뭔가 털어 놓지 않은 게 있는 것 같아서, 나는 이렇게 말했다.

"꽤 오래 돌아보고 온 것 같은데."

그는 마뜩찮은 듯 대답했다.

"기껏해야 삼십 분쯤인데요, 뭐. 이 섬은 길이가 한 1.5킬로미터, 너비가 한 800미터쯤 되겠더라구요. 멜론처럼 생겼다고나 할까요. 저 위에 야자나무 있는 곳에 가면 야영지로 딱인 자리가 있더라구요. 바다를 내다보기에도 좋을 겁니다. 바다보다 한 10여 미터는 더 높은 곳이니까요."

나는 고개를 끄덕인 뒤에 이렇게 말했다.

"나 배고파, 티모시."

배고프기는 티모시도 마찬가지였다. 그는 뗏목 있는 데로 가서 물통, 그리고 비스킷과 초콜릿이 든 깡통을 가져왔다. 먹으면서 내가 물었다.

"근데 뭐 걱정하는 거 있어, 티모시? 뭔지 말해 봐. 나도 어린애는 아니란 말이야."

티모시는 뭔가 적절한 단어를 찾으려는 듯 한참을 망설이다가 비로소 입을 열었다.

"도련님, 사실은 이 부근 바다에는 여기처럼 작은 섬들이 여러 개 있는데, 그 양쪽으로는 좁은 뱅크들이 둘러싸고 있죠. 다시 말해, 그 뱅크가 여기랑 저 바깥의 깊은 바다를 갈라 놓은 셈이어서……"

나는 머릿속으로 그 모습을 그려 보려고 했다. 결국 커다란 산호 뱅크 속에 몇 개의 작은 섬들이 박혀 있으니, 그 안으로 배를 몰고 들어오는 것은 위험하기 짝이 없으리라는 것이었다.

"그러면 지금 우리가 있는 여기도 그런 섬 가운데 하나란 말인 거지?"

"아마도요, 도련님. 아마도요."

다시 두려움이 밀려왔다. 결국 육지에 상륙한 것이 실수였다는 뜻이었다.

"그러면 이 근처를 지나가는 배가 전혀 없을 거라는 뜻이네? 작은 배조차도 말이야! 우린 여기 갇힌 거잖아!"

어쩌면 여기서 영원히 살아야 할지도 몰라. 문득 그런 생각이 들었다.

또다시 그는 대답을 피했다. 나는 티모시가 나를 속이려 들긴 하지만 그럼에도 어딘가 정직한 면이 있음을 깨닫기 시작했다.

"제 생각에 여기는 '악마의 아가리'Devil's Mouth라는 곳이 아닐까 싶네요. U자 형태로 생기고, 양쪽에 날카로운 산호 뱅크가 있는데, 길이가 한 40, 아니 50킬로미터쯤……"

그는 말을 얼버무렸다. 불길한 이름이었다. 티모시는 금세 말을 이었다.

"차라리 말이죠, 도련님. 차라리 제가 틀린 거라면 좋겠습니다."

"하지만 정말로 악마의 아가리에 와 있는 거라면, 어떻게 구조될 수 있다는 거야?"

나는 화가 나서 말했다. 결국 우리가 여기 오게 된 것도 다 그의 잘못이었으니까.

"모닥불을 피우면 되죠! 비행기가 지나갈 때요. 그럼 연기와 불길을 보고 알 거예요."

"그냥 이 근처 어부들이 피운 걸로 생각할 수도 있잖아. 솔직히 누가 이런 데 와서 불을 피우겠어!"

티모시가 고개를 끄덕이며 그 문제를 생각하는 모습이 머릿속에 선명하게 그려졌다. 마침내 그가 말했다.

"그렇긴 해요. 하지만 꼭 그럴 거라고는 말할 수 없죠, 안 그래요? 일단 집이나 만들고, 어떻게 되는지 기다려 보자구요."

그는 컵에 물을 반쯤 따라 건네주며 신이 난 듯 말했다.

"하여간 일단 육지에 올라왔으니 축하는 해야죠."
나는 천천히, 그리고 조심스레 물을 마셨다.

8

  티모시는 오후 내내 바빴기 때문에, 우리는 서로 말을 많이 하지 않았다. 그는 마른 야자 잎으로 움막을 지었다. 나는 그 근처의 어느 야자나무 밑에 앉아 있었다. 육지에 올라오고 보니, 그제야 엄마는 어떻게 되었을까 하는 생각이 들었다. 어쨌거나 엄마는 안전할 거라고, 또한 우리를 찾기 위한 수색이 시작되었을 거라고 생각했다. 물론 그 당시의 나로선 전쟁이 계속되고 있었으며 따라서 모든 배와 비행기는 U보트와 싸우는 데 동원되고 있다는 사실을 전혀 몰랐다. 그래서 나는 헨릭 판 보번을 다시 만났을 때 과연 무슨 이야기를 해줄지 생각해 보기도 했다.

  눈에 대해서는 최대한 생각하지 않으려고 애쓰면서, 야자나무 아래에 앉아 티모시가 움막을 지으며 흥얼거리는 소리를 들었다. 나는 며칠 지나면 예전처럼 눈이 보이게 될 거라는 그의 말을 믿었다. 우리가 피워 놓은 모닥불을 비행기가 지나가다 보게 될 거라는 말도 믿었다.

그날 오후 늦게 그가 자랑스러운 듯 말했다.

"자, 오두막 완성이요!"

나는 이 노망 난 늙은이에게 내가 앞을 볼 수 없다는 사실을 다시 한 번 일깨워 주어야만 했다. 그러자 그는 내 손을 잡아끌어 야자 잎을 만져보게 했다. 그의 말에 따르면 이 오두막은 가로가 2.5미터, 세로가 2미터에 바닷가에서 주워 온 나무로 뼈대를 세웠다고 했다. 뼈대는 이 섬의 북쪽에 나 있는 질긴 덩굴로 꽉 묶었다고 했다.

지붕은 비스듬하게 만들어서 안으로 들어갈수록 낮아졌는데, 땅에서 1.8미터 높이라고 했다. 그래서 나는 오두막 안에서도 서서 돌아다닐 수 있었지만 티모시는 허리를 꼿꼿이 세울 수가 없었다.

"내일은 돗자리를 만들어야 해요. 우리 손으로 직접 짜서요. 그러니 오늘 밤은 그냥 모래에서 자야겠네요. 모래가 부드러우니 괜찮을 거예요."

나는 그가 오두막을 지은 걸 무척이나 자랑스럽게 생각할 만하다고 인정했다. 불과 몇 시간이 채 걸리지도 않아서 뚝딱 만들어 냈으니까.

"자, 그럼 전 산호초에 가서 랑고스타나 몇 마리 잡아 오겠습니다. 구워 먹으면 아주 맛있을 거예요."

티모시가 그 말을 꺼내는 순간, 나는 또다시 겁이 났다. 나 혼자 남아 있고 싶지도 않았고, 혹시 그가 무슨 일을 당할지도 모른다는 생각이 들어서였다.

"그럼 나도 같이 가, 티모시."

나는 애걸하다시피 말했다.

"산호초에는 절대 안 돼요."

그는 단호했다.

"아직 저도 안 가 본 데니까요. 일단 제가 가 보고, 안전하다 싶으면 내일 같이 가기로 하죠."

이 말만 남기고 티모시는 가 버렸다.

엄마 말이 맞았다. 흑인은 흑인이고, 우리는 우리였다. 티모시는 나를 좋아하지 않는 게 분명했다. 그렇지 않다면 내 부탁을 뿌리치고 혼자 가버릴 리가 없지! 그는 나와는 전혀 다른 사람인 게 분명했다.

시간이 많이 흐른 것 같은데도 티모시는 돌아오지 않았다. 그 사이 비행기 소리가 한 번 들려오는 것 같았지만, 그건 아마 내 상상이었을 것이다. 돌아오라고 몇 번이나 소리쳤지만 내 목소리가 산호초의 파도소리에 파묻힌 게 분명했다.

머리 위에서는 야자 잎이 바람에 흔들리는 소리가 들렸고, 덤불 저편에서도 무슨 소리가 들렸다. 스튜가 아까부터 돌아다니긴 했지만, 그 녀석 소리는 아닌 것 같았다.

티모시가 이 섬에 뱀이 있는지는 확인해 보았을까? 문득 두려운 생각이 들었다. 카리브 해에 있는 대부분의 섬에는 전갈이 살았는데, 그놈들한테 물리면 십중팔구 사망이었다. 혹시 여기에도 그런 놈들이 있는 건 아닐까?

섬에서 처음 며칠 동안, 나는 이렇게 혼자만 남아 있는 시간이 너무너무 싫었다. 앞을 볼 수 없기 때문에 모든 소리에 겁이 났다. 차라리 태어날 때부터 앞을 못 보는 사람이라면 오히려 나을지도 몰랐다. 자라나면서 그 각각의 소리가 어디서 비롯된 것인지를 구별할 수 있었을 테니까.

갑자기 눈물이 나왔다. 남자답지 못한 행동이라고 여겼지만, 아빠가 이 모습을 봤다면 언짢아하리라는 것도 알았지만 울음을 멈출 수가 없었다. 불쑥 나타난 스튜가 팔이며 뺨에 자기 몸을 비벼대며 기분 좋은 듯 가르랑거렸다. 나는 스튜를 꼭 끌어안았다.

곧이어 티모시가 언덕 너머에서 다가오며 이렇게 외쳤다.

"도련님, 랑고스타를 큰 놈으로 세 마리나 잡았어요!"

나만 혼자 그렇게 오래 남겨두고 갔다 온 것이 분해서, 나는 아무런 대꾸도 하지 않았다.

그는 내 앞에 다가와 말했다.

"여기요, 한번 만져 보세요. 아직 살아서 펄떡펄떡 한다니까요."

그는 무척이나 의기양양해했다. 나는 고개를 돌려 버렸다. 이렇게 하면 티모시도 나를 한시라도 무시해서는 안 된다는 걸 깨닫고, 다음부터는 나를 진짜 친구로 대해 주겠지.

그가 부드럽게 말했다.

"도련님, 골내고 싶으시면 골내서요. 하지만 지금 여기 어르신이 의지할 사람은 저 하나뿐인걸요."

나는 대꾸도 하지 않았다. 그는 랑고스타를 모닥불에 구웠다.

우리는 이 작은 섬에서의 첫날밤을 보내기 위해 오두막 안으로 기어들어갔다. 티모시는 오늘 하루 종일 너무 힘들었는지, 자리에 누워서도 한참 끙끙 소리를 냈다. 잠들기 직전에 내가 물었다.

"솔직히 말해 봐, 티모시. 나이가 몇 살이야?"

그는 한숨을 푹 쉬었다.

"칠십은 넘었죠. 예, 칠십은 훨씬 넘었어요."

그는 노인이었다. 자칫 무리하다가는 죽을 수도 있는 노인…….

아침이 되자 티모시는 바닷가로 내려가 모닥불 장작을 쌓아 두었다. 그의 계획은 이랬다. 우리가 사는 오두막 옆에 항상 조그맣게 모닥불을 피워 놓았다가, 비행기가 가까이 오면 거기서 불붙은 장작을 가져다가 더 큰 장작에 옮겨 붙이는 것이다. 그의 말로는 이렇게 해야 남은 성냥을 조금이라도 더 아낄 수 있었다.

그는 바닷가에 밀려온 나무토막을 주워 마른 야자 잎 위에 차곡차곡 쌓았다. 그러고는 말했다.

"자, 도련님, 이제 모래 위에다가도 뭐라고 말해 놔야죠."

나는 티모시가 무슨 말을 하는지 몰라 어리둥절했다. 부드럽고도 듣기 좋은 서인도제도 사람 특유의 억양과 말투 때문에, 그게 과연 무슨 뜻인지 종잡을 수가 없었다.

"모래 위에다 말을 한다구?"

내가 반문했다.

"아, 그래야 사람들이 우리가 여기 있는 걸 알 것 아닙니까."

"누가?"

"아, 그야 물론 저 하늘에 있는 사람들이죠."

"아."

그제야 무슨 말인지 알 수 있었다.

티모시는 내가 뭔가 말해 주기를, 또는 뭔가 하기를 기다리며 한동안 서서 나를 계속 바라보고 있었던 모양이다. 잠시 후에 그가 말했다.

"예? 도련님."

"그럼 어떻게 하면 되지?"

"돌멩이로 뭐라고 말해 놓으면 되죠. 돌멩이를 많이 갖다가요. 그걸로 뭐라고 말해 놓으면……."

그의 목소리는 이제 조급해지고 있었다.

나는 그를 향해 얼굴을 찡그렸다.

"내가 어떻게? 티모시, 난 못 해. 돌멩이고 뭐고 볼 수가 없잖아."

티모시가 끙 하는 소리를 냈다.

"돌멩이는 제가 갖다 드릴게요, 도련님. 일단 뭐라고 말해야 하는지만 알려 주세요, 예?"

이젠 재미있다는 생각이 다 들어서, 나는 킥킥 웃었다.

"그럼 '도와주세요'라고 쓰지, 뭐."

그는 만족스러운 듯 또다시 끙 소리를 냈다.

아마 한 20분, 아니 30분은 걸렸나 보다. 그는 어디에선가 돌멩이를 가져다가 우수수 모래 위에 떨어뜨리면서, 칼립소 리듬의 콧노래를 흥얼거리고 있었다. 콧노래는 무슨 '풍기와 물고기'에 대한 이야기였다. 빌렘스타트에 있을 때, 뤼이테르카더의 흑인 시장에 가면 그 '풍기'라는 물건을 팔았다. 내가 보기엔 그냥 보통의 옥수수 가루였다. 하지만 거기서는 똑같은 음식도 섬마다 이름이 제각각이었다.

"다 됐어요. 얼른 하세요, 도련님."

티모시가 다가와 말했다. 그는 뭔가를 기다리고 있는 듯했다.

"응?"

잠시 침묵이 흘렀다. 티모시는 뭔가 안달난 듯 이렇게 말했다.

"돌멩이로 '도와주세요'라고 쓰시라구요."

나는 그의 목소리가 들려오는 쪽으로 한참 고개를 들고 있다가, 그제야 그가 글을 모른다는 사실을 깨달았다. 하지만 그는 너무 고집이 세서, 아니 어쩌면 너무 자존심이 강해서 차마 그 말을 자기 입으로 할 수 없었던 것이다.

나는 고개를 끄덕인 뒤, 어디 막대기가 없는지 모래 위를 손으로 더듬어 찾았다.

"뭘 찾으세요?"

"막대기로 선을 그으려고."

그가 내 손에 막대기를 하나 쥐어 주었다. 내가 조심스럽게 '도 - 와 - 주 - 세 - 요'라는 글자를 모래 위에 쓰는 동안, 그는 내 곁에서 그 모습을 바라보았다. 그는 연신 "아, 그렇지, 아, 그렇지!"를 중얼거리고 있었다. 마치 내가 글자를 제대로 쓰고 있는지 확인이라도 해주는 듯 말이다.

내가 글씨를 다 쓰고 나자, 티모시는 만족스럽다는 듯 말했다.

"맞아요, 도련님. 그렇게 써야 '도와주세요'가 되는 거죠."

그러더니 그는 신이 난 듯, 내가 그어 놓은 선을 따라 돌멩이를 늘어 놓기 시작했다.

나는 기분이 좋았다. 처음으로 티모시가 못 하는 일을 내가 해냈기 때문이다. '그는 글을 전혀 몰라.' 그 순간만큼은 내가 그보다 훨씬 더 우월하다는 생각이 들었다. 하지만 나는 그가 앞으로 어쩌나 보려고, 그냥 모른 척하고 넘어가기로 했다.

9

 오후가 되자 티모시는 밧줄을 만들자고 했다.
 섬 북쪽에는 거의 연필만한 굵기의 질긴 덩굴들이 모래 위에 자라나 있었다. 우리는 몇 시간이나 걸려서 덩굴을 뜯어냈다. 티모시는 그걸로 밧줄을 하나 꼬아서는 오두막이 있는 언덕에서 해변의 장작더미 있는 데까지 묶어 놓았다.
 그 밧줄은 나를 위한 것이었다. 혹시나 그가 산호초에 나가 있는 사이에 비행기 소리가 들리면, 내가 얼른 오두막 옆 모닥불에서 불을 가져다가 밧줄을 따라 바닷가로 내려가서 큰 불을 지피면 되는 것이었다. 덩굴 밧줄만 있으면 나는 혼자서도 무사히 바닷가로 내려갈 수 있었다.
 덩굴을 뜯어낸 뒤에 그는 밧줄을 꼬면서 말했다.

"도련님, 이제부터는 저랑 이것 좀 같이 하세요."

우리는 오두막 바깥에 나와 앉아 있었다. 나는 야자나무에 등을 기댄 채 빌렘스타트를 한창 생각하던 참이었다. 나는 내가 지금 교실에 있으며 책상 세 개 건너에는 헨릭이 앉아 있고, 지금은 욘크헤이르 선생님이 담당하시는 유럽사 시간이라고 상상하고 있었다. 빌렘스타트에 간 첫 해에는 네덜란드 어를 배웠기 때문에 나는 일반학교에 들어가서 같이 공부할 수 있었다. 이제는 말하고 듣기도 능숙해졌고 말이다.

덩굴을 잡아 뜯느라 손바닥이 아직까지 얼얼했기 때문에, 나는 그냥 앉아서 옛날 생각이나 하고 싶었다. 일하고 싶지 않았다.

"티모시, 난 눈이 안 보이잖아. 뭐가 보여야 일을 하지."

그가 날카로운 주머니칼로 뭔가를 자르는 소리가 들렸다. 그는 부드럽게 말했다.

"그래도 손은 아직 멀쩡하잖아요."

아니, 저 늙은이가 내 말을 못 알아들은 건가? 덩굴을 잡아 뜯거나, 모래 위에 글씨를 쓰는 건 그럭저럭 한다 쳐도, 뭔가 제대로 일을 하려면 일단 눈이 보여야 할 것 아닌가.

그러나 그는 또 고집스럽게 말했다.

"도련님, 잠잘 때 쓸 돗자리를 만들어야 돼요. 해보세요. 금방 배운다구요."

나는 그의 목소리가 들리는 쪽을 쳐다보았다.

"싫어. 너나 해."

그는 한숨을 푹 쉬며 말했다.

"저기 밑 프렌치타운에, 그러니까 샬롯아말리에 가면 그 동네 최고의 돗자리 기술자가 있는데, 그 양반도 눈이 완전히 멀었습디다."

"그 사람은 어른일 거 아냐. 그리고 먹고살려고 하는 일일 거고."

"그건 그렇죠."

티모시가 나지막이 대답했다.

하지만 몇 분 있다가 그는 내 무릎 위에 야자 섬유를 몇 줄 얹어 놓았다. 아니, 이런 답답한 흑인 영감 같으니라구.

"야자로 돗자리 짜는 건 무척 쉬워요. 그냥 위로, 아래로 이렇게만 하면……."

나는 화가 나서 말했다.

"몇 번이나 말해야 알아? 난 눈이 안 보인단 말이야!"

그는 내 말에 신경도 쓰지 않는 척했다.

"자, 이쪽 손으로 야자를 이렇게 잡아 보세요. 그런 다음에 위로, 아래로, 프렌치타운 기술자마냥. 그런 다음에 야자를 또 넣고."

그는 여전히 내 앞에 선 채로 내가 돗자리 엮는 모습을 바라보고 있었다. 하지만 생각만큼 잘 엮이지 않았다.

"이렇게요. 아까 말씀드렸잖아요."

그는 다시 내 손을 이끌었다.

"이렇게요, 위로, 아래로……."

나는 다시 해보았지만, 여전히 잘 안 되었다. 나는 자리를 박차고 일어나서는 야자 섬유를 티모시 쪽으로 홱 집어던졌다.

"이 망할 놈의 검둥이! 안 할 거야! 멍청하고, 글자도 모르는 주제에……."

순간, 티모시의 커다란 손이 내 뺨을 철썩 갈겼다.

나는 어찌나 놀랐는지, 맞은 자리에 손을 갖다 댄 채 멍하니 서 있었다. 하지만 이내 홱 뒤로 돌아섰다. 뺨이 화끈거렸지만 그가 쳐다보는 앞에서 질질 짜고 싶진 않았기 때문이다.

"전 아까 하던 일, 마저 하러 갑니다."

티모시의 음성은 부드러웠다. 나는 자리에 털썩 주저앉았다.

그는 낮은 목소리로 '풍기와 물고기' 노래를 흥얼거리기 시작했다. 그가 오두막 바로 앞 모래 위에 앉은 모습이 내 머릿속에 떠올랐다. 잔뜩 엉킨 흰머리, 흉측한 검은 얼굴에 두툼한 입술, 그리고 덩굴을 둘둘 감아 밧줄을 만들던 크고 징그러운 손까지.

밧줄. 문득 이런 생각이 들었다. 그 밧줄은 그가 자기를 위해 만든 게 아니었다. 나를 위해 만든 것이었다.

잠시 후에 내가 말했다.

"티모시……."

대답없이 그는 내 쪽으로 다가와서 내 손에 아까보다 더 많은 야자 잎을 쥐어 주었다. 그가 중얼거렸다.

"아주 쉬워요. 이렇게 위로, 아래로……."

그러더니 그는 다시 자기 자리로 돌아가 '풍기와 물고기'를 흥얼댔다.

그날 그곳에서 일어난 사건은 내겐 정말 특별한 것이었다. 정확히 무엇 때문이었는지는 아직도 알 수 없지만, 그 사건 이후로 나는 변하기 시작했다.

"나 티모시하고 친구 하고 싶어."

내가 티모시에게 말했다.

그는 부드러운 목소리로 대답했다.

"도련님, 우리야 지금껏 쭉 친구 아니었습니까."

"그럼 이제부터 도련님이라고 하지 말고 필립이라고 부를 거야?"

"그래, 필립."

티모시의 목소리는 아주 따뜻했다.

10

 섬에서 지낸 지 7일째가 되던 날, 드디어 비가 왔다. 아무런 징조도 없다가 갑자기 확 내리고 지나가 버리는 전형적인 열대성 소나기였다. 내가 만든 돗자리를 깔고 자고 있던 우리는, 비오는 소리에 곧바로 깨어났다. 빗방울이 마른 야자 잎으로 엮어 만든 지붕 위에 떨어지자 마치 총 쏘는 듯 요란한 소리가 났다. 우리는 빗속으로 뛰어나가 소리소리 지르며, 신선한 단물을 온몸에 뒤집어썼다. 시원해서 기분이 무척 좋았다.
 티모시는 자기가 만들어 놓은 빗물받이가 제대로 작동한다며 신이 나서 소리를 질렀다. 그는 뗏목 위에서 판자를 여러 개 떼어다가 커다란 빗물받이를 만들어 두었다. 그런 다음, 바닷가에서 주워 온 대나무를 파이프 삼아 빗물받이에 모인 물을 40리터짜리 물통에 흘러내리게 했다.

비는 두 시간쯤 내렸는데, 물통은 금방 가득 차서 오히려 넘칠 지경이 되었다. 티모시는 빗물받이를 하나 더 만들어 놓을 걸 그랬다며 툴툴거렸다.

우리는 시원한 빗속에서 20분, 아니 30분쯤 있다가 다시 움막 안으로 들어갔다. 지붕에서는 물이 줄줄 떨어졌지만 우리로선 전혀 싫지 않았다. 오히려 돗자리에 누운 채 입을 딱 벌리고, 위에서 흘러내리는 달디단 물을 받아 먹었을 정도니까. 스튜 녀석은 딱하게도 한쪽 구석에서 몸을 잔뜩 웅크린 채 꼼짝하지 않았다. 티모시는 스튜가 비를 전혀 좋아하지 않는 것 같다고 말했다.

나는 비가 좋았다. 굳이 눈으로 보지 않아도 들을 수 있고, 느낄 수 있는 것이었기 때문이다. 빗물이 야자 잎 지붕에 떨어지는 소리며, 그 사이사이로 흘러 땅에 떨어지는 소리까지 모두 들을 수 있었다. 소나기를 동반한 바람이 야자나무를 요란스레 흔들었다. 우리의 모래섬 위에서 서로 부대끼며 흔들리는 야자 잎들이 과연 한밤중에는 어떤 모습으로 보일까. 나는 머릿속으로 그림을 그려 보았다.

밤새 비가 왔으면 좋겠다는 생각뿐이었다.

빗줄기가 잦아들기 시작하면서 우리는 이런저런 긴 이야기를 나누었다. 티모시는 우리 엄마랑 아빠에 대해 물어보았다. 나는 두

분에 대해서는 물론이고, 우리가 어쩌다가 샬루에 살게 되었는지까지 다 이야기했다. 문득 외로움과 향수가 밀려왔다.

그 다음에는 티모시가 자신의 어린 시절에 대해 기억나는 것을 모조리 말해 주었다. 그의 어린 시절은 내 경우와 전혀 달랐다. 그는 학교에 다닌 적도 없었고, 열 살 때부터 어선에서 일했다. 지금껏 살면서 유일하게 재미있었던 때는 1년에 한 번, 카니발을 맞이할 때라고 했다. 그가 플루메리아 잎사귀를 발목에 매달고, 당나귀 가죽 옷을 뒤집어쓰고 주술사들과 함께 행진하면, 샬롯아말리에의 나이 많은 아낙네들이 이들 주위로 몰려나와 '밤볼라' 춤을 췄다고 한다.

티모시는 이 대목에서 킥킥거렸다.

"카니발이 열리는 사흘 동안은 럼주를 코가 비뚤어져라고 마셔 댔지."

나는 그가 당나귀 가죽 옷을 입고 스틸밴드[21]의 음악에 맞춰 몸을 흔들며 돌아다니는 모습을 머릿속에 그려보았다. 빌렘스타트에도 그런 사람들이 있었다.

"우리 엄마는 흑인들을 싫어했어. 왜 그랬을까?"

---

21 카리브 해 특유의 민속음악을 연주하는 타악기 위주의 악단. 금속으로 만든 북(스틸드럼)을 연주해 이런 이름이 붙었다.

그는 천천히 대답했다.

"나도 물론 어떤 백인은 싫기도 해. 하지만 모든 백인을 다 싫어한다면 그건 뭔가 말이 안 되는 건데."

"그런데 왜 사람들의 피부색이 그렇게 다양한 걸까? 흰색도 있고 검은색도 있고, 또 갈색이랑 붉은색도 있잖아."

나는 티모시의 대답을 듣고 싶었다. 티모시는 껄껄 웃었다.

"왜 물고기도 색깔은 전부 제각각 아니냐. 꽃도 그렇고 말이야, 안 그래? 물론 왜 그런지는 나도 모르지, 필립. 하지만 내 생각에 피부색만 다르지 그 속의 사람은 누구나 다 똑같을 거야."

욘크헤이르 선생님 역시 그 비슷한 이야기를 수업시간에 했지만, 티모시가 말한 것처럼 딱 부러지게 말한 건 아니었다.

한참 뒤에 그는 코를 골기 시작했고, 나는 아직도 물이 뚝뚝 떨어지고 있는 움막 안에 누워 그 문제를 곰곰이 생각해 보았다. 문득, 이 작은 섬에서 우리가 오순도순 살아가는 모습을 엄마 아빠가 직접 봤으면 좋겠다는 생각이 들었다.

나는 잠들기 전에 티모시의 커다란 몸 옆으로 바짝 다가갔다. 그리고 암흑 속에서 그의 미소를 떠올려 보았다. 그의 몸은 희게도 검게도 느껴지지 않았다.

아침이 되자 바람도 상쾌하고, 모래섬에서는 뭔가 신선하고도 깨끗한 냄새가 풍겼다. 티모시는 새벽에 산호초에 가서 잡아온 폼파

노[22]라는 작은 물고기 한 마리를 구웠다. 하토 호에 처음 올라탄 날 이래 처음으로 기분도 좋고 몸도 상쾌한 날이 찾아온 것이다. 굳이 말을 꺼내지 않아도, 우리는 오늘이야말로 이 악마의 아가리 —여기가 바로 거기라면— 위로 비행기가 지나가다가 우리를 발견할 날일 것이라고 생각하고 있었다.

약한 불에 구운 폼파노는 아주 맛이 좋았다. 우리 식량의 대부분은 바다에서 나는 것이었다. 물고기, 랑고스타, 홍합, 심지어 산호초에 붙어사는 작고 시커멓고 가시투성이인 성게란 놈의 알까지도.

티모시는 해초로 국물 요리를 만들었지만 맛이 너무 썼다. 그 다음에는 모자반 새순을 삶았는데 그걸 먹고 나서 배탈이 났다. 그나마 먹을 만한 것은 모자반 잎사귀였는데, 일단 바닷물에 한번 삶았다가 빗물로 또 한 번 삶아야 했다.

하지만 우리 위, 그러니까 티모시 말로는 땅에서 한 10여 미터 위에는 진수성찬이 널려 있었다. 크고 먹음직스러운 초록색 코코넛 말이다. 섬에 내렸을 때 땅에 떨어진 마른 코코넛 열매를 먹어 봤지만, 오래되어서인지 맛이 고약했다. 신선한 열매였다면 과즙도 좀 있었을 텐데.

적어도 하루 한 번, 특히 오두막 근처에 있을 때면 티모시는 이렇

---

22 전갱이의 일종.

게 중얼거리곤 했다.

"저놈의 코코넛들이 하늘에만 매달려 있구나. 저놈들만 딸 수 있으면 과즙이며 과육을 실컷 먹을 수 있을 텐데."

또 이렇게 말하기도 했다.

"소싯적엔 이런 야자나무쯤은 식은 죽 먹기로 올라갔었는데."

요새도 가끔은 마치 그쪽을 바라보는 듯 뭔가 의미심장한 말을 던지기도 했다.

"필립, 이놈의 섬에서 살다 보면 너도 조만간 아주 몸이 튼튼해질 거야."

그는 자기가 다시 오십 세로만 돌아가도, 저 나무 위에 올라가 칼로 코코넛을 따올 수 있을 거라고 했다. 하지만 이젠 칠십이 넘었으니 과연 꼭대기까지 올라갈 수나 있을지 모르겠다는 거였다.

그날 아침식사를 하고 나서, 티모시는 이렇게 말했다. 십중팔구 또다시 야자나무 꼭대기를 바라보는 중이었을 것이다.

"저 위에서 코코넛을 하나 따서 과즙을 꿀꺽꿀꺽 마시기만 하면 소원이 없겠다. 그렇지, 필립?"

하지만 나는 야자나무를 올라갈 엄두가 나지 않았다.

"응, 그럼 좋을 것 같아."

내가 말했다.

티모시는 흠흠 헛기침을 하더니 깊은 한숨을 내쉬었다. 그렇게 해서 머릿속에 꽉 찬 코코넛 생각을 훌훌 털어 버리는 듯했다. 하지만 나는 그가 한 번 더 내 의향을 떠볼 것임을 알고 있었다.

"에이, 저 망할 놈의 코코넛 때문에 이제 너네 엄마는 널 찾아도 못 알아보게 생겼다."

"왜 그렇게 생각하는데?"

"아, 그야 네가 지금 까무잡잡하게 타고 아주 비쩍 말랐으니까 그렇지."

나는 나 자신의 모습을 머릿속에 그려보았다. 내 셔츠와 바지가 거의 넝마처럼 되었음은 이미 알고 있었다. 머리카락은 끈적끈적하게 엉켰다. 머리를 빗을 방법이 없었기 때문이다. 남들이 보기엔 내 눈이 어떨까, 문득 그런 생각이 들었다.

"뭔가를 계속 두리번거리는 눈이야. 뭔가를 계속 쳐다보고 있어, 필립."

내 질문에 대한 티모시의 대답이었다.

"혹시 내 눈 때문에 신경 쓰여?"

티모시는 웃었다.

"무슨 그런 말을. 이 망할 놈의 좁아터진 섬에 그래도 너랑 같이 있으니까 다행이다, 매일 그런 생각을 하고 살아가는걸."

나는 잠시 생각해 보다가 그에게 물었다.

"그런데 그 친구라는 사람, 왜 바베이도스에 있다는. 그 사람 지금도 눈이 잘 보인대?"

티모시는 얼버무리듯 대답했다.

"아, 그럼. 한참을 못 봤지만 나중에는 눈을 떴지. 그럼, 그랬고말고."

"뗏목에 있을 때는 그 사람이 사흘 만에 다시 봤다고 그랬잖아."

"아, 내가 그랬던가?"

"그럼!"

"아, 그래? 그게 하도 오래전이라서 말이야. 하여간 눈을 다시 뜨긴 떴지, 진짜루."

그는 잠시 말을 끊었다가 이렇게 덧붙였다.

"아 그나저나 일을 해야지, 오늘도 할 일이 무척 많아."

요즘 들어 내 눈에 대한 이야기만 나오면 티모시는 얼른 말을 돌렸다. 무슨 구실을 대서든지, 하여간 다른 이야기를 꺼냈다.

"무슨 일?"

"그게…… 어디 보자. 일단은 빗물받이를 하나 더 만들어야겠고 그 다음에는 산호초 가서 먹을 걸 좀 찾아보고…… 그리고……."

나는 그가 무슨 말을 꺼낼지 잠자코 기다려 보았다. 마침내 그도 두손을 들고 말았다.

"아, 그래! 그것만 해도 할 일은 많아, 아 진짜라니까."

〃

 티모시는 내게 지팡이를 만들어 주었다. 덕분에 이제 나는 섬을 이곳저곳 돌아다닐 수 있었다. 넘어진 적도 많았지만, 모자반 위에 넘어진 경우를 빼면 다친 적은 없었다. 뭐, 모자반 위에 넘어졌을 때도 조금 긁혔을 뿐이었다.
 조금씩 나는 섬에 대해 알아가기 시작했다. 혼자 돌아다니다가 발밑에 축축한 모래가 느껴지면 그건 내가 물 근처에 왔다는 뜻이었고, 그러면 그 길을 피해 돌아갔다. 티모시는 그런 내 모습을 무척이나 뿌듯해했다.
 걸어다니고, 손으로 만져보고, 소리를 들음으로써 나는 우리 섬이 어떻게 생겼는지를 알게 되었다. 티모시의 말마따나 멜론 아니면 거북이를 닮은 모습이었고, 우리가 있는 언덕은 바닷가보다 높은 곳에 있어서 낮과 밤으로 가벼운 무역풍이 불며 야자 잎을 펄럭였다.

내 생각에 길이가 40미터쯤 되는 해변이 섬 주위를 빙 둘러 있었다. 그 한쪽 끝, 그러니까 동쪽에는 야트막한 산호초가 수백 미터쯤 펼쳐지며 간혹 수면 위로 고개를 내밀고 있었다.

거기가 동쪽인 것을 어떻게 알았느냐면, 어느 날 아침 해뜰 무렵에 티모시와 같이 그곳으로 내려갔더니 그 방향에서 내 얼굴에 따뜻한 기운이 느껴졌기 때문이다.

바닷가에는 높이가 1미터는 되는 모자반이 줄지어 자라나고 있었고, 그 뒤로 언덕을 따라 사방팔방에 퍼져 있었다. 모자반이 아닌 것 같은 다른 덤불도 가끔 손에 만져졌는데, 티모시도 이름은 모르는 것 같았다.

남쪽으로는 해안이 완만한 경사를 이루며 물과 만났다. 북쪽은 이와 좀 달랐다. 그 바닷속에는 산호초와 커다란 조개가 있었다. 수심이 갑자기 깊어지는 곳도 많았다. 티모시는 그쪽에는 상어가 헤엄쳐 다닐 수 있으니 나더러 절대 물에 들어가지 말라고 했다.

티모시는 섬 인근의 물은 너무나도 맑아서 그 안에 있는 예쁜 물고기들까지도 다 들여다보인다고 했다. 뇌산호와 관산호 근처에 비늘돔이 기웃거리곤 한다는 거였다.

직접 만져보고 들어본 대로라면 우리 섬은 무척이나 멋진 것 같았다. 정말이지 직접 눈으로 확인하고 싶었다. 나는 하루에 한 번씩 섬을 돌아보기로 했다. 덩굴 밧줄을 따라 언덕에서 바닷가까지 내려간 다음, 거기서 모래사장을 따라 걷는 것이다.

나는 덩굴 밧줄에 조금씩 덜 의존하게 되었다. 가끔은 티모시가 나를 자기 없이도 살 수 있게 훈련시키는 게 아닐까 하는 생각이 들기도 했다. 왜 그러는지 짐작이 갔지만 그에게 물을 엄두가 나지 않았다. 나로선 티모시가 죽을 수도 있다는, 그래서 결국 나 혼자 이 모래섬에 남게 될지도 모른다는 상황은 생각조차 하기 싫었기 때문이다.

어젯밤 내린 비에 희망을 되찾은 까닭이었을까? 내 생각에는 우리 두 사람 모두 하늘을 향해 귀를 쫑긋 세우고 비행기 엔진 소리가 들려오기만을 기다렸던 것 같다. 하지만 하루가 다 가도록 우리 귀에 들려오는 건 그저 낯익은 소리들, 파도 소리, 바람 소리, 그리고 바닷새 우는 소리뿐이었다.

그날 저녁식사를 마치고 나서 티모시가 투덜거렸다.

"비행기도 안 오구, 이놈의 섬에 요물이라도 붙었나."

"말도 안 돼, 티모시."

내가 말했다.

"아니, 악귀가 우리를 괴롭히고 골탕 먹이는 게야. 그런 놈들을 쫓아내려면 닭이나 곡식이나 하다못해 옥수수라도 있어야 하는데."

그가 우울하게 말했다.

"티모시, 설마 정말로 그런 게 있다고 믿는 건 아니겠지?"

언젠가 아빠한테 서인도제도의 '오베디어', 또는 '부두'라는 말에 대해 들은 적이 있었다. 그것도 원래는 아프리카에서 온 거라고 했다. 아이티가 그중에서도 가장 심했고, 다른 섬에도 어느 정도는 그런 게 있다고 했다. 종교하고 무속이 뒤섞인 거라고 말이다.

그는 스튜를 유심히 바라보고 있었는지 문득 이렇게 말했다.

"어쩌면 저놈의 고양이가 요물일 수도 있고."

"아유, 쟤는 그냥 늙은 고양이잖아."

내가 반박했다. 하지만 지금까지 벌어진 일들을 하나하나 곰곰이 따져보며 티모시는 이렇게 말했다.

"저놈이 뗏목 위에 올라온 이후 우리는 다른 사람들과 떨어지게 됐잖아. 필립 넌 눈이 멀어서 그때부터 참말로 힘들게 되었구. 그러다가 이 좁아터진 악마의 아가리에까지 흘러와서……."

나는 화가 나서 말했다.

"티모시, 스튜는 요물이 아니야. 그러니까 이상한 소리 하지 마."

티모시는 입을 다물었지만 나는 그때부터 스튜가 안전할는지 걱정스러워졌다. 티모시는 밤새 내 곁에 있었지만, 아침에 일어나 보니 이미 자리에 없었다. 스튜도 어디론가 사라진 다음이었다.

나는 오두막 밖으로 기어나와 스튜를 불러보았다. 티모시도 불렀다. 아무도 대답하지 않았다. 나는 언덕을 따라 바닷가로 내려와 거기서 다시 산호초로 향했다. 부두라니, 말도 안 되는 수작이었지만 한편으로는 섬뜩한 느낌이 들었다. 티모시는 왜 하필 스튜가 요물이라고 생각하는 걸까?

나는 둘을 찾아 아예 섬을 한 바퀴 돌아보기로 했다. 혹시 엊저녁 파도에 밀려온 부목이나 산호 조각이 있나 지팡이와 손으로 일일이 길을 더듬어 가면서, 나는 축축한 모래사장을 따라 걸으며 계속 둘의 이름을 불렀다.

북쪽 해안에 도착했을 무렵, 티모시의 목소리가 들려왔다.

"일어났니, 필립?"

"어디 있었어, 티모시?"

그가 웃었다.

"어디긴, 이 섬에 어디 갈 곳이나 있어야지. 아까 일어나서 계속 여기 바닷가에 와 있었어."

"스튜는?"

티모시는 아무 말도 하지 않았다. 나는 한 번 더 물었다.

"글쎄, 어디서 도마뱀이라도 잡아먹고 있겠지."

어쩐지 뭔가 감추는 게 있어 보였다.

그때 뭔가를 긁는 소리가, 그리고 쇠붙이가 딸각거리는 소리가 들려왔다.

"지금 뭐 하는 거야?"

"어, 나무를 좀 하고 있어."

도대체 왜 아침 일찍부터 나무를, 그것도 이 북쪽 해안까지 와서 한다는 것일까? 식사용이나 신호용 모닥불에 필요한 장작은 아직 충분했다.

"스튜 못 봤어?"

"응, 못 봤는데."

나는 그가 지금 손에 뭘 쥐고 있는지 알고 싶었지만, 감히 다가가 만져볼 엄두는 나지 않았다.

"티모시, 나 배고파."

그의 손이 내 팔목을 잡았다.

"그래, 오두막으로 돌아가자."

티모시가 아침을 차렸고 우리는 나란히 앉아 먹었다. 그런 다음, 티모시는 아무 말도 없이 어디론가 슬쩍 사라졌다.

평소에 티모시는 비스킷을 넣어 두었던 양철 상자 안에 사냥용 칼을 넣어 두곤 했었다. 그 상자 안에는 마른 성냥, 오래된 초콜릿 몇 조각, 그리고 티모시가 바닷가와 뗏목에서 건진 몇 가지 잡동사니가 들어 있었다.

상자 안을 더듬어 보니 못 몇 개, 뗏목의 짐칸 뚜껑에 달렸던 경첩, 작은 양철 깡통 몇 개, 그리고 무슨 작은 가죽 같은 것이 하나 돌돌 말려 있었다. 하지만 칼이 없는 걸 보니, 아마 북쪽 해안에 갈 때 가져간 모양이었다.

나는 오두막 근처를 이 잡듯 뒤지며 스튜를 찾아보았다. 혹시 티모시가 고양이를 어디 딴데 묶어 놓았나 싶어서 말이다. 하지만 가까운 데다가 묶어 놓았다면 당연히 야옹 하고 우는 소리가 들려야 했다.

나는 티모시가 나무를 하러 북쪽 해안으로 돌아갔다고 생각했지만, 문득 거기 따라가서는 안 된다는 생각이 들었다. 나는 어떻게 하나 생각하며 오두막에 남아 있었다. 요물 따위는 없다고 티모시를 설득할 도리도 없었지만, 만약 그가 스튜를 어디 갖다 감춰 두었다면 그 녀석을 찾아낼 도리 또한 없었다.

그날 아침은 유난히 시간이 더디 갔다. 한 번은 동쪽 해안으로 내려가 신호용 장작더미 근처에 앉아서, 혹시 비행기 엔진 소리가 들리기라도 하는지 귀 기울여 보았다. 몇 번인가 바람에 실려 오는 희미한 야옹 소리를 들은 것 같았지만, 어느 쪽인지 도무지 알 수가 없었다.

지금까지 일어난 일들 때문에 티모시가 정신이 나가 버린 것인지도 몰랐다. 이렇게 미친 노인네와 함께 카리브 해의 작은 무인도에 간히고 마는 것인가. 만약 그가 스튜를 요물이라고 생각해 해코지를 했다면, 그 다음 차례는 바로 내가 될지도 몰랐다.

뗏목에 올라타 다시 바다로 나갈까? 앉아 있거나 잠을 잘 만한 부분이 뗏목 위에 아직까지는 남아 있었다. 물통만 언덕에서 여기까지 잘 가져올 수만 있다면, 그리고 상자 속에서 초콜릿 몇 조각만 가져온다면 며칠은 버틸 것 같았다.

나는 자리에서 일어나 물속으로 들어간 다음 산호초 쪽을 향해 걸었다. 이렇게 계속 가다 보면 뗏목을 묶어 놓은 구명 밧줄이 손이나 발에 걸릴 것이었다. 티모시는 커다란 부목을 모래사장에 박아 놓아서, 뗏목이 파도에 휩쓸려 가지 않게 해 두었다.

나는 천천히, 그리고 조심스럽게 걸었다. 내 지팡이가 밧줄을 건드리거나 내 발목이 밧줄에 걸리기를 기대하면서 말이다. 하지만 산호초가 시작되는 데까지 걸어갔어도 밧줄은 찾아내지 못했다. 나는 방향을 바꿔 지금까지 온 곳을 되돌아가서는 다른 방향으로 걸어갔다. 마침내, 나는 어느 나무토막에 걸려 넘어졌다. 티모시가 모래사장에 박아 놓고 뗏목을 매단 바로 그 말뚝이었다.

나는 말뚝을 더듬어 보았다. 하지만 밧줄은 감겨 있지 않았다. 티모시가 뗏목을 없애버린 것이다! 당혹감이 밀려왔다. 말뚝을 기준으로 방향을 잡은 다음, 나는 혹시 이제라도 뗏목을 찾을 수 있을까 싶어서 다시 물속으로 들어갔다.

물속으로 몇 미터쯤 걸어들어 갔을까, 나는 또다시 겁에 질렸다. 발을 내딛자마자 뭔가가 그 밑에서 움직였다. 아니, 바닥 전체가 움직이는 것 같았다. 나는 균형을 잃고 머리부터 물속에 처박혔다. 몸을 일으켜 짠물을 뱉어내면서야 홍어를 밟았다는 생각이 들었다. 왜, 마름모꼴로 납작하게 생기고 꼬리가 날카로운 물고기 말이다. 웨스트퀸트에서도 한두 번 그런 적이 있었다. 독성이 있는 바다 가오리의 사촌 격인데, 이 녀석도 나만큼이나 놀랐던지 얼른 깊은 바다로 도망쳐 버린 모양이었다.

나는 물이 허리에 잠길 때까지 계속 걸어가며 사방팔방으로 팔을 휘저어 보았다. 하지만 뗏목은 없었다.

나는 티모시를 믿었다. 그가 결코 나를 해코지하진 않을 거라고 마음속으로 여러 번 말했다. 하지만 그 요물 어쩌구 하는 이야기는 솔직히 너무 무서웠다. 지금까지 보아온 티모시의 행동과는 달라도 너무 달랐기 때문이다.

오후가 되자 그는 오두막으로 돌아왔다. 하지만 우린 둘 다 서로에게 말을 걸지 않았다.

티모시는 뭔가를 쿵쿵 때려 박았다. 오두막 지붕의 야자 잎이 덜덜 떨렸다. 뭔지는 몰라도 오두막에 뭔가를 박는 것이 분명했다.

일을 다 마치고 티모시는 다시 어딘가로 가 버렸다.

길을 따라 난 모자반을 스치며 그가 멀어지는 소리가 들리자, 나는 자리에서 일어나 오두막 바깥을 손으로 더듬어 보았다. 사방에는 아무것도 없었다. 그렇다면 지붕에 박은 것이 분명했다.

모닥불 근처에는 커다란 통나무가 몇 개 있었다. 나는 그중 하나를 더듬어 찾아낸 다음, 오두막 입구까지 데굴데굴 굴려 왔다. 그 위로 올라서서, 나는 지붕을 떠받치는 십자가 모양의 서까래를 더듬어 보았다.

그 한가운데서 내가 찾던 것이 만져졌다. 처음에는 손가락에 뭔가 날카로운 것이 닿는 바람에 놀라서 꽥 소리를 질렀다. 하지만 곧 손가락으로 조심스레 그 물건을 더듬어 보았다. 머리가 만져졌다. 네 개의 발과 꼬리도 만져졌다.

티모시가 오늘 하루 종일 나무로 조각한 고양이, 바로 스튜의 목상木像이었다. 거기 줄줄이 박힌 못들은 그 못된 요물을 죽여 없애 버리려는 것이었다. 나는 힘이 쭉 빠져서 그냥 통나무 위에 주저앉아 버렸다.

잠시 후, 티모시가 다가와 내 무릎 위에 스튜를 내려 놓았다.

"어디서 찾았어?"

"뗏목에 갖다 올려놨었지. 내가 요물을 쫓아낼 때까지는 이 섬에 있지 말라고."

"뗏목이 어디 있는데, 티모시?"

"바닷가에 있잖아, 필립. 아, 반대편 바닷가에 묶어 놨어. 이제 우리의 운도 좀 바뀌라고 말이야."

하지만 우리의 운은 결코 바뀌지 않았다. 오히려 더 악화되기만 했을 뿐.

12

5월 중순, 나는 티모시가 가쁜 숨을 몰아쉬는 소리에 놀라 잠에서 깼다. 마치 공기가 부족해 헐떡이는 소리처럼 들렸다. 나는 잠시 귀를 기울이고 있다가 물어보았다.

"어디 아파, 티모시?"

그는 씨근거리며 대답했다.

"여이 아! 마아이아아!"

나는 그가 무슨 말을 하는지 몰라 잠시 머뭇거렸다. 열이 나! 말라리아야! 나는 손을 뻗어 그를 만져보았다. 이마가 펄펄 끓었다.

그의 입에서는 점점 더 크고 거친 숨소리가 흘러나왔다. 그가 말했다.

"내가 또 말라리아에 걸렸나 봐. 필립, 물 좀 갖다 줘."

버지니아에 있을 때, 그리고 샬루에 있을 때에도 내가 열이 나면 엄마는 아스피린을 주고는 이마에 차가운 물수건을 얹어 주었다. 하지만 여기 모래섬에 아스피린이 있을 리 없었고, 물도 항상 뜨뜻미지근하기만 했다. 나는 물통에서 물을 좀 따라 그에게 건네주었다. 그는 몸을 일으켜 물을 꿀꺽꿀꺽 마신 뒤, 도로 돗자리 위에 누워 버렸다.

한동안 가쁜 숨소리를 듣다가 나는 내 셔츠의 남은 부분에서 천을 한 조각 잘라내 물에 적신 뒤 그의 이마에 올려 놓았다. 티모시가 중얼거렸다. "아, 좋다." 그러더니 갑자기 부들부들 떨기 시작했다. 아침 공기는 벌써부터 후덥지근했는데도 말이다. 이빨이 마주쳐 달그락거리는 소리가 들렸다.

덮어줄 만한 것이 없어서 그의 곁에 바싹 다가앉아 벌써부터 말라가고 있는 물 적신 천을 다시 매만져 주었다. 숨은 마치 난로의 열기처럼 후끈거렸다.

오전 10시쯤 되었을까, 티모시가 뭔가를 중얼거리며 웃기 시작했다. 잠꼬대 같기도 했지만 씩씩대는 숨소리 중간 중간에 터지는 웃음은 어조도 높고 이상하기만 했다. 그가 머리를 연신 움직이는 탓에 나로선 천을 그의 이마에 대고 있기도 힘들었다.

내가 계속해서 말을 걸었는데도 그는 내가 자기 옆에 있는 것조차 모르는 듯했다.

한 번은 몸을 일으키는 것 같더니 곧바로 쓰러졌다.
"티모시, 그냥 누워 있어. 제발."
한참 동안 티모시는 온몸을 덜덜 떨며 그렇게 누워만 있었다. 오한이 가시고 나자, 중얼거림과 웃음이 다시 시작되었다.
정오쯤 되자 중얼거림은 점점 더 심해졌다. 그리고 다시 일어나기를 시도했다. 나는 팔을 붙들며 제발 자리에 누워 있으라고 소리쳤지만, 그는 나를 한쪽으로 밀쳐 버렸다. 곧이어 바닷가 쪽으로 뛰어가는 소리와 함께, 무시무시한 웃음소리가 들려왔다.
나는 웃음소리가 나는 쪽으로 따라갔다. 첨벙거리는 소리를 듣고 그가 바닷속에 뛰어들었음을 알았다. 나는 외쳤다.
"티모시! 티모시! 돌아와!"
갑자기 사방이 쥐 죽은 듯 조용해졌다. 나는 그의 이름을 목놓아 부르고 또 불렀다. 하지만 아무런 대답도 없었다.
나는 바닷가에 도착해 모래사장에 무릎을 꿇었다. 그리고 해안과 평행을 이루도록 애써 가며 천천히 바닥을 더듬어 나갔다. 서른 걸음쯤 갔을까, 물에 잠겨 있는 그의 몸이 만져졌다.
나는 그를 한손으로 붙잡고 일어섰다. 그의 상체는 물 밖으로 나왔지만, 발은 모래 바닥에 질질 끌렸다. 티모시의 입가에 얼굴을 갖다 댔다. 다행히 숨은 쉬고 있었다.
나는 뒤로 돌아가서 양손을 그의 겨드랑이에 넣었다. 하지만 너무 무거워서 움직일 수가 없었다. 나는 다시 양손으로 그의 턱을 붙잡고 끌어당겼다. 그는 이상한 소리를 낼 뿐, 나를 도와 스스로 몸을 움직이진 않았다.

오랜 시간이 걸려서야 티모시를 밖으로 끌어내 축축한 모래사장 위에 눕힐 수 있었다. 몸무게가 구십, 아니 백 킬로그램은 족히 나갔기 때문에 기껏해야 한 번에 5~10센티미터밖에는 그를 움직일 수 없었다.

그가 꼼짝도 않고 쉬는 동안, 나는 뜨거운 햇빛 아래서 거의 한 시간 동안이나 그 옆에 앉아 있었다. 이제 호흡은 아까만큼 거칠지 않았다. 갑자기 그가 또다시 몸을 떠는 것이 느껴졌다. 내 힘으로는 그를 끌고 언덕길을 올라 움막까지 갈 수가 없었기 때문에, 나는 모자반 가지를 많이 꺾어다가 몸을 덮어 주었다. 모자반 잎들이 햇빛을 막아 주도록.

나는 오두막으로 가서 물을 가져와 티모시의 머리를 들어올렸다. 그러고는 한 손으로 입술을 더듬어, 컵을 턱 쪽으로 가져갔다. 티모시는 내 행동을 이해한 듯 물을 꿀꺽꿀꺽 마셨다.

긴 오후 내내 티모시는 잠을 잤고, 나는 그 옆에서 기다렸다. 그가 잠에서 깨어났을 때는 이미 저녁이어서 기온도 서늘해진 다음이었다. 호흡은 이제 정상이었다. 이마도 더 이상 뜨겁지 않았다.

자리에서 일어나며 티모시가 힘없는 목소리로 물었다.

"내가 어떻게 여기까지 왔지?"

나는 그가 미친 듯 언덕을 달려 내려갔다고 말해 주었다.

"그놈의 악귀 때문이었군. 그놈의 열 때문에."

티모시가 한숨을 푹 쉬었다.

"물속에 누워 있었어. 얼마나 놀랐다고, 티모시."

"맞아, 그랬었지. 머리가 활활 타오르는 것 같더라구. 그래서 불을 끄려고 그랬지."

그는 내 도움을 받아 자리에서 일어났다. 우리는 나란히 언덕을 올라갔다. 티모시가 내게 몸을 의지하고 걷는 것은 이번이 처음이었다. 이후로도 그는 결코 예전과 같은 체력을 회복하지 못했다.

13

어쩌면 우리가 이 섬에서 평생 살아야 할지도 모른다고, 티모시가 그런 생각을 품은 것은 아마 5월 말부터가 아니었을까 싶다. 이 섬에 발을 디딘 지 수개월이 되도록 작은 배가 지나가는 일도, 비행기 엔진소리가 들리는 일도 다시는 없었기 때문이다.

그 즈음이 5월 말인지 알 수 있었던 것은, 티모시가 바닷가에서 주운 낡은 깡통 안에 매일 작은 조약돌 하나씩을 넣어 두었기 때문이다. 그것이 우리가 섬에 온 지 얼마나 되었는지를 확인할 수 있는 유일한 방법이었다. 나는 종종 그 깡통 속의 조약돌을 꺼내 세어 보곤 했다. 처음 넣기 시작한 게 4월 9일이었는데, 이제는 깡통 속에 조약돌이 마흔여덟 개나 들어 있었다.

이날 티모시는 뭔가 생각에 사로잡힌 듯 이렇게 말했다.

"필립, 혹시 내가 말라리아에 다시 걸릴 수도 있다는 거, 생각해 본 적 있어?"

티모시는 말라리아와 열에 대해 생각하고 있는 것이 분명했다. 나는 그렇다고 대답했다.

"그래, 그러니 이제 너도 직접 물고기 잡는 법을 알아 두어야 해."

그가 일주일 넘도록 못을 가지고 낚싯바늘을 만들고 있었다는 걸 알고 있었다. 그는 항상 날카로운 나무막대로 물고기나 랑고스타를 잡았지만, 앞이 보이지 않는 내가 그 방법을 써먹을 수는 없는 노릇이었다. 결국 그는 나를 위해 낚싯바늘을 만들기 시작했다.

그는 뭔가 비밀스러운 이야기를 해주듯 나지막이 말했다.

"내가 안전한 곳에 있는 산호초에서 아주 끝내주는 웅덩이를 하나 찾아냈거든."

우리는 언덕을 내려가 산호초 가장자리를 따라 걸어갔다. 이제 내 발에는 적당히 군살이 박혀서 뾰족뾰족한 산호를 밟아도 아무렇지 않았다. 하지만 웅덩이에는 곳곳에 성게가 숨어 있었다. 성게를 밟으면 날카로운 가시가 발에 박히니 조심하라고 티모시가 미리 말해 주었다.

"그럼 독이 퍼져 가지고 얼마나 아픈지 몰라."

티모시는 50센티미터 간격으로 나무조각을 하나씩 산호 틈새에 깊숙이 쑤셔 넣어 내가 걸어가면서 느낄 수 있게 했다. 성게는 어떻게 처리해야 할지 몰랐지만 티모시는 자기가 뭔가 생각해 둔 게 있다고 했다. 그는 산호 위를 걸어가는 내내 성게만 보면 커다란 돌로 찍어서 없애 버렸다. 하지만 시간이 지나면 성게가 또다시 그곳으로 기어들 것이다.

산호초를 따라 15미터쯤 걸어갔을까, 그가 말했다.

"여기야, 이 웅덩이에서 낚시를 하면 돼."

그는 그 웅덩이에 대해 설명해 주었다. 지름이 6미터쯤 되고 깊이는 1.5에서 2미터쯤 되는 곳이었다. 바닥에는 모래가 깔려 있고, 산호는 거의 없어서 내 낚싯바늘이 걸릴 위험은 없었다. 그의 말에 의하면 웅덩이 한쪽에 난 자연적인 구멍이 바다로 연결되어서, 물고기들이 이곳으로 헤엄쳐 들어온다는 것이었다.

그는 내 손을 이끌어 웅덩이 가장자리를 죽 둘러 만져보게 해주었다. 그곳의 산호는 수세기 동안의 파도에 닳아 매끈했다. 바닷물에 실려 온 모래알들이 숫돌처럼 산호를 갈아 버린 것이라고 했다. 물론 아주 매끈하지는 않았지만 최소한 뾰족하게 튀어나온 부분은 없었다.

"자, 물속에 손을 넣어 봐. 우선 홍합을 따는 거야."

나는 웅덩이 가장자리에 무릎을 꿇은 채 따뜻한 물속으로 손을 집어넣어 홍합을 찾아냈다. 하지만 금세 균형을 잃는 바람에, 티모시가 재빨리 붙잡아 주지 않았으면 웅덩이 안으로 곤두박질할 뻔

했다. 눈이 먼 사람에게 있어 어디론가 떨어지는 것은 무척이나 무시무시한 경험이다. 난 아직까지도 뗏목에서 바닷속으로 떨어졌을 때의 느낌을 생생하게 기억하고 있으니까.

티모시가 말했다.

"괜찮아, 필립. 잠깐 앉아서 숨을 좀 돌려."

그는 진정시키려는 듯 차분히 말했다.

"혹시 웅덩이 안에 떨어지기라도 하면, 일단은 움직이지 말고 그대로 있어 봐. 어느 쪽에서 물이 흘러오는지 느껴질 거야. 그러면 이쪽 바위 턱으로 와서 붙잡고 올라올 수가 있지."

티모시는 내 손을 열린 홍합 껍질 속으로 이끌어, 미끌미끌한 속살을 꺼내 낚싯바늘에 끼웠다.

"바늘이 아주 날카로워. 그러니까 손 안 다치게 조심하구."

그는 나보고 낚싯바늘에 홍합 미끼를 끼워 보라고 했다. 아빠랑 낚시 갔을 때에도 했던 일이라서 식은 죽 먹기였다.

녹슨 볼트가 추 역할을 했다. 티모시는 나무조각을 몇 개 찾아 불을 피운 다음, 볼트를 한가운데 넣었다가 꺼내 녹을 제거했다. 낚싯줄을 만들기 위해서는 뗏목의 구명밧줄 가운데 한 올을 풀어 냈다.

나는 낚싯바늘과 추를 웅덩이 안으로 던져 넣었다. 잠시 후에 입질이 왔다. 낚싯줄을 확 잡아당기자, 물고기가 내 어깨 너머로 날

아가 산호초 위에 툭 떨어졌다. 티모시는 환호성을 지르며, 나더러 낚싯줄을 죽 따라가 펄떡이는 물고기에게서 낚싯바늘을 빼내라고 했다.

내 손에 붙잡힌 채 꿈틀거리며 날뛰는 물고기는 작지만 살이 통통했다. 나는 티모시를 향해 웃어 보았다. 예전에 아빠랑 낚시를 할 때에는 어디까지나 재미로 한 것이었다. 하지만 이제는 이것이 야말로 아주 특별한 뭔가가 되어 버렸다. 나는 모든 것을 새로 배우고 있었다. 일일이 만지고 느끼면서 말이다.

나는 티모시에게 말했다.

"여기 정말 끝내주는데! 좁지만 끝내주는 낚시터야."

티모시는 기쁜 듯 껄껄 웃었다.

그날 이후 물고기 잡는 일은 온전히 내 몫이 되었다. 티모시는 계속 랑고스타를 잡았다. 그러려면 물속으로 잠수를 해야 해서, 나는 혼자서 물고기를 잡았다. 세 번째 날 아침, 그는 나보고 혼자 산호초에 갔다 오라고 했다. 나는 그가 박아 놓은 나무조각을 따라 웅덩이에 도착했고, 홍합 속살을 꺼내서 낚싯바늘에 끼워 던졌다.

산호초에 혼자 있으면서도, 나는 티모시가 가까운 바닷가에서 나를 계속 지켜보고 있다는 걸 알 수 있었다. 나는 그의 존재를 느낄 수 있었다. 물론 오두막에 돌아가 보면 티모시는 거기 있었지만 말이다.

우리는 섬에 대해 종종 이야기를 했다. 나는 이곳이 어떻게 생겨났는지 궁금해했지만, 티모시는 별로 생각해 본 적이 없는 것 같았다. 요 모래섬이 원래부터 여기 있었다고 당연하게 여겼다. 나는 그에게 지리에 대해서, 그러니까 어쩌면 화산 폭발로 인해 악마의 아가리가 생겼을지도 모른다고 말해 주었다. 그는 상당히 감동한 듯 아무런 대꾸도 없이 내 말에 귀를 기울였다.

나는 수천 년의 세월에 걸쳐 작은 산호 동물들이 죽어 쌓이면서 이 섬의 토대가 되었을 거라고 말했다.

"그 위에 모래가 쌓이고, 그렇게 시간이 더 흐르다 보니 결국 이렇게 섬이 된 거야."

티모시에게는 마치 새로운 세계가 열리는 듯한 순간이었나 보다. 그는 줄곧 똑같은 말만 되풀이하고 있었다.

"그게 정말이야?"

저 모자반들이, 덩굴들이, 코코넛들이 어떻게 해서 이 섬까지 오게 되었을지에 대해서 티모시는 한 번도 생각해 본 적이 없었던 것이다. 나는 내가 아는 걸 모두 이야기해 주었다. 씨앗이 바다를 통해 흘러왔거나, 아니면 새들이 날아 왔을 거라고. 비가 오고나면 싹이 터서 뿌리를 내리는 거라고.

"그러면 도마뱀은?"

그는 끈질기게 물었다.

"그것도 아마 새가 물어왔을 거야. 다른 섬에서 부리에 도마뱀을 한 마리 물고 왔는데, 실수로 여기 떨어뜨린 거지. 근데 그 도마뱀이 마침 암컷이라서 이 섬에서 새끼들을 낳은 거야. 아니면 어떤 도마뱀 한 마리가 폭풍에 휩쓸려 나무조각을 타고 떠돌다가 여기까지 왔을 수도 있고."

티모시는 내 설명에 매우 감명을 받은 듯했고, 나는 그에게 뭔가를 이야기해 줄 수 있어서 무척이나 뿌듯했다. 우리는 이야기할 거리가 너무 많았다.

아마 그 주의 닷새째 되는 날이었나 보다. 나는 불쑥 티모시에게 말했다.

"이젠 야자나무에도 한번 올라가 볼게."

"에이 됐어, 필립."

그가 말했다. 하지만 그 순간, 내 머릿속에는 티모시가 위쪽을 흘끗 쳐다보면서 얼굴 가득 미소를 담고 눈을 반짝이는 모습이 또렷이 떠올랐다. 마음속으로 신이 났을 것이다.

"저쪽에 가면 말 등짝처럼 잔뜩 휘어져 있는 야자나무가 하나 있어. 올라가기엔 아마 그쪽이 더 쉬울 거야."

티모시의 손에 이끌려 나무 있는 데까지 가는 동안 약간 떨리긴 했지만, 나는 일단 짧은 거리만 올라가 보자고 생각했다. 원숭이처럼 손발을 모두 써서 엉금엉금 기어올라 보고, 제대로 되면 아래로 내려와 칼을 이빨로 물고 처음처럼 다시 올라가면 된다.

야자나무 줄기는 직경이 한 50센티미터쯤 되는지, 끌어안았더니 내 양손이 딱 닿았다. 나는 손으로 나무를 꽉 붙잡고 몸을 구부린 다음, 맨발을 거칠거칠한 줄기에 대고 올라가기 시작했다. 티모시는 그 광경을 숨 죽여 보고 있었을 것이다.

그런데 한 3미터쯤 올라가자 꼼짝달싹할 수 없었다. 올라갈 수도, 내려갈 수도 없었다. 팔다리가 뻣뻣했다.

혹시 내가 떨어지면 받으려고 밑에서 기다리던 티모시가 부드럽게 말했다.

"필립, 괜찮으니까 거기서 그냥 천천히 밑으로 내려와."

나는 천천히 줄기를 타고 내려가기 시작했다. 손발이 나무껍질에 긁혀 아픈 것은 둘째 치고, 티모시의 실망스러운 표정을 생각하니 너무나도 안타까웠다. 땅에서 불과 몇 미터를 남기고, 나는 다시 한 번 숨을 들이마셨다.

"뭐, 떨어져 봤자 모래밭이니 별로 다치지도 않겠지."

나는 다시 나무를 오르기 시작했다. 티모시가 불렀다.

"칼 가져가야지."

하지만 지금 멈추면 다시는 나무에 오르지 못할 것 같았다. 나는 대답하지 않고 계속해서 손발을 규칙적으로 움직였다.

"꼭대기에 거의 다 왔어!"

티모시가 소리를 질렀다. 야자 잎이 머리에 닿자, 나는 그 줄기를 붙잡고 몸을 위로 끌어올렸다. 티모시가 기쁨의 환호성을 올렸다.

티모시는 내게 코코넛 따는 법을 가르쳐 주었다. 나는 그중 두 개를 골라 한참 밀고, 당기고, 비틀어서 느슨해지게 했다. 드디어 성공! 나는 나무에 매달려 잠시 숨을 고른 후 다시 땅으로 내려왔다. 결국 이긴 것이다.

내 발이 땅에 닿자마자 티모시는 나를 끌어안고 외쳤다.

"저놈의 야자나무 땜에 속상해하는 것도 이젠 끝이다!"

우리는 코코넛 과즙을 한 방울도 안 남기고 싹싹 빨아먹고, 신선한 과육도 맛있게 먹어 치웠다.

내 옆에 털썩 주저앉은 티모시는 코코넛을 씹으며 말했다.

"알았지, 필립? 이젠 너도 눈이 필요 없어졌어. 눈이 없어도 내가 할 수 있는 일은 다 할 수 있단 말이야."

그것이야말로, 우리가 이 모래섬에 도착한 이래 티모시가 내게 가르치기 시작했던 생존비법 강의의 졸업식이나 마찬가지였다.

그날 밤에는 비가 왔다. 조용한 보슬비가. 빗방울이 워낙 가늘어서인지 움막의 야자 잎 지붕에 떨어지는 소리도 들리지 않았다. 티모시는 내 곁에서 곤한 숨소리를 내고 있었다. 그와 내가 밤낮을 함께 지내온 지도 벌써 두 달째가 되었지만, 나는 두 번 다시 그의 모습을 볼 수 없게 되었다. 그의 흉측하고 상처투성이인 얼굴을 머릿속으로 떠올려 보았지만 전혀 흉측하게 느껴지지가 않았다. 오히려 친절하고도 강인해 보이기만 했다.

"티모시, 오늘따라 유난히 뽀얘 보이는걸?"

그의 웃음소리가 오두막을 가득 채웠다.

14

7월의 아주 무덥던 어느 날 아침, 우리는 북쪽 바닷가에 갔다. 티모시는 조금 떨어진 바다에서 점박이 조가비를 잔뜩 잡아왔다. 이곳에 도착한 이래 제일 더운 날이었다. 어찌나 더웠던지 숨 쉴 때마다 마치 불덩이를 들이마시는 것 같았다. 잠깐 동안 무역풍조차 불지 않은 때가 있었다. 그 순간만큼은 모래섬에 있는 모든 것이 움직임을 완전히 멈춰 버린 것만 같았다.

북쪽 바닷가는 아주 이상한 곳이었다. 어쩐지 내 발에는 그곳의 모래가 딴데보다 더 굵게 느껴졌다. 그곳에서는 뭐든지 다르게 느껴졌지만, 사실 남쪽 해안과의 거리는 기껏해야 1.5킬로미터니 그렇게 느낀다는 것 자체가 이해가 잘 안 가는 일이기도 했다.

"북쪽은 이곳에서도 특히나 황량한 곳이라 그래."

티모시가 설명했다. 하지만 그곳이 어째서 그렇게 황량한 곳인지는 잘 설명하지 못했다.

그가 점박이 조가비를 몇 개 들고 바닷가로 걸어 나올 즈음 어디선가 총소리가 들렸다. 그는 얼른 내 곁으로 다가와서 말했다.

"이거, 큰일 나겠는걸."

큰일? 총소리가 났다는 것은 누군가가 이곳을 발견했다는 뜻이나 마찬가지이고, 그렇다면 그건 결코 큰일이 아니었다. 나는 신이 나서 물었다.

"누가 총을 쐈을까?"

"바다야."

나는 농담이라 생각하고 웃었다.

"에이, 바다가 무슨 총을 쏴?"

"거센 파도 소리가 그렇게 들린 거야."

그의 목소리에는 근심이 가득했다.

"모르는 사람이 들으면 영락없이 총소리인 줄 알지. 사실은 아주 심한 폭풍이 몰려오고 있다는 뜻이거든, 필립. 폭풍 말이야."

나는 과연 그 말을 믿어야 할지 몰랐다. 어쨌건 간에 그 소리가 마치 소총 또는 권총 쏘는 소리처럼 들린 건 사실이었으니까.

그는 불안한 듯 물었다.

"파도가 그런 거야. 저기 어디 멀리서, 그레나딘 제도[23] 너머 아니면, 훨씬 더 멀리 온두라스에서부터 허리케인이 불어오고 있는 거야, 필립. 난 벌써부터 느껴지는걸. 우리가 들은 소리는 파도가 이 좁은 곳을 지나면서 낸 소리야."

그는 마치 허리케인의 냄새라도 난다는 듯 코를 킁킁거렸다. 바람 한 점 없는 우리 섬 주위에는 쥐죽은 듯한 침묵만이 깔려 있었다. 그의 말에 의하면 오늘은 바다도 마치 초록색 젤리마냥 잔잔했다. 하지만 물은 점점 탁해지고 있었다. 새들도 전혀 보이지 않았다. 티모시는 하늘이 누르스름한 빛을 띠고 있다고 했다.

"얼른 가자. 미리 해 둬야 할 일이 많아. 이런 조가비야 폭풍이 지나간 다음에도 얼마든지 잡을 수 있으니까."

우리는 언덕을 따라 올라갔다.

이제야 나는 티모시가 왜 하필 섬에서 가장 높은 곳에 오두막을 세웠는지 알 것 같았다. 하지만 그럼에도 불구하고 내 생각엔 여차하면 파도가 오두막 있는 데까지 밀려올 것만 같았다.

티모시는 제일 먼저 물통을 야자나무 줄기에 높이 매달아 놓았다. 그 다음에는 나머지 밧줄을 그 나무 밑동에 단단히 묶었다.

"폭풍이 이 높이까지 밀려오면 팔을 밧줄에 묶고 꼭 매달려야 돼, 필립."

---

23 카리브 해 동부에 위치한 6개의 섬으로 이루어진 나라.

그제야 나는 티모시가 왜 그토록 밧줄을 알뜰하게 사용했는지, 왜 내가 다닐 길을 표시할 때에도 진짜 밧줄 말고 덩굴로 만든 밧줄을 사용했는지 깨달았다. 하루하루 넘길 때마다, 나는 티모시가 이제껏 해온 일 덕분에 우리가 살아남을 수 있었음을 알게 되었다.

오후 내내, 그는 내게 이 폭풍이야말로 정말 변덕스러운 놈일 것 같다고 말했다. 왜냐하면 폭풍은 보통 9월이나 10월이 되어야 불어오기 때문이다. 드물게나마 8월에도 부는 적이 있고, 훨씬 드물게 7월에도 부는 적이 있다고 했다.

"그런데 올해는 어찌 된 일인지 모르겠네. 아마 바다도 화가 잔뜩 난 모양이다. 그놈의 전쟁 때문에 말이야."

티모시의 말에 의하면, 폭풍은 대개 가을에 북태평양 동부, 그러니까 카보베르데 군도[24] 남단에서 생겨나는데, 가끔 이렇게 변덕스러운 놈이 나오면 거기보다도 훨씬 가까이에서, 그러니까 남아메리카 북서쪽 끝부분에서 생겨난다고 했다. 가끔 한 번씩은 6월과 7월에도 생기며 때로는 프로비덴시아와 산 안드레스 가까운 곳까지도 밀어닥친다고 했다. 바로 우리가 있는 곳 근처까지 말이다. 6월의 폭풍은 그냥 좀 귀찮은 정도지만, 7월의 폭풍은 그보다는 훨씬 위험하다고 했다.

---

24 북대서양 아프리카 연안에 위치한 15개의 섬으로 이루어진 나라.

"아마 서쪽에서 생긴 폭풍일 거야, 내 생각엔. 그런 놈들은 막상 닥치고 보면 엄청나게 강력하지."

스튜조차도 신경이 곤두선 모양이었다. 내가 움직일 때마다 내 발밑을 졸졸 따라다녔다. 이 녀석은 어떻게 보호해 주어야 하느냐고 물었더니, 티모시는 껄껄 웃었다.

"고양이 스튜야 아무 야자나무에나 올라가서 있으면 되지, 뭐. 그 녀석 걱정은 안 해도 돼."

하지만 나로선 걱정을 안 할 수가 없었다. 그 둘 중 누구 하나라도 잃어버린다는 생각만 해도 참을 수가 없었다. 혹시 정말 무슨 일이 일어난다면, 차라리 우리 셋 모두가 똑같은 최후를 맞이했으면 싶었다.

오후 내내 별다른 변화는 없었고, 다만 날씨가 점점 더 더워지는 것 같았다. 티모시는 한참 동안 뗏목 있는 곳에 가 있더니, 아직 쓸 만한 부분은 전부 떼어내 언덕으로 갖다 놓았다. 어쩌면 이번이야말로 뗏목과는 마지막이 될지도 모른다고 했다. 용케 폭풍에 떠내려가지 않는다 하더라도, 혹시나 이 언덕으로 밀려오기라도 하면 다시 바다로 가져가 띄우기는 불가능하지 않겠느냐는 것이었다.

물론 나를 겁주려고 일부러 폭풍의 무시무시함에 대해 이야기한 것은 아니었다. 티모시는 너무 정직했을 뿐이다. 본인이 이미 겪어 보았기에 그 무서움을 너무 잘 알고 있었던 것이다.

"1928년이었지. 나는 그때 헤티 레드 호에 타고 앤티가[25] 남단에 있었는데, 아, 거기서 그만 폭풍을 딱 만난 거야. 바람이 어찌나 센지, 오래된 소형 범선 정도는 아주 도끼 앞의 나무토막마냥 박살이 나 버렸지. 그때 이야기를 해주면 다들 안 믿을걸. 결국 그때 헤티 레드 호에서 살아남은 사람은 나 하나뿐이었어."

나는 그 옛날 거친 바다에서 겪었던 일들이 오늘 오후 내내 티모시의 머릿속에 맴돌고 있었음을 알았다.

우리는 그날 저녁식사를 평소보다 더 많이, 배불리 먹었다. 티모시의 말대로라면 지금부터 며칠 동안은 아무것도 못 먹을지도 모른다. 우리는 물고기와 코코넛 과육을 먹은 다음, 코코넛 과즙을 몇 잔씩 마셨다. 티모시는 앞으로 일주일 동안은 산호초에 물고기가 안 돌아올 거라고 했다. 분명 벌써부터 낌새를 채고 더 깊은 바닷속으로 들어갔을 거라고 말이다.

식사를 다 마친 다음, 티모시는 칼을 잘 닦아서 물통과 함께 나무 위 높은 곳에 매달아 둔 양철 상자 속에 넣어 두었다.

"이제 준비 완료야, 필립."

티모시가 덤덤하게 말했다.

---

[25] 카리브 해 동부에 위치한 앤티가바부다 공화국의 3개 섬 가운데 하나.

15

 해질 무렵, 공기는 답답하고도 더웠다. 티모시는 하늘 모습을 내게 설명해 주었다. 불붙은 듯 붉은색이며, 높은 구름이 마치 얇은 베일처럼 걸쳐져 있다고 했다. 모래섬은 어찌나 조용한지 도마뱀이 바스락거리는 소리마저 들릴 것 같았다.
 어둠이 내리기 직전, 티모시가 말했다.
 "이제 금방이야, 필립."
 약한 바람이 잔잔한 바다 위에 물결을 만들어내기 시작했다. 티모시가 서쪽에서 아주 시커먼 구름 덩어리를 봤다고 했다. 마치 저 하늘의 높은 구름에게로 다가가 합쳐지려는 것 같다고 말이다.
 나는 기다리는 동안 스튜를 꼭 끌어안고 따뜻한 바람을 얼굴에 맞고 있었다. 곧이어 바람이 확 불어오면서 야자나무와 우리의 작은 움막을 흔들었다.

 밤이 깊어갈 무렵, 빗방울이 오두막 지붕에 떨어지기 시작했고 그때부터는 바람도 매우 쌀쌀해졌다. 바람이 확 불면 빗방울이 오두막에 떨어지는 소리가 마치 조약돌이 떨어지는 소리처럼 요란했다.

 그때부터 바람은 꾸준히 불어오기 시작했고, 티모시는 오두막 바깥으로 나가 하늘을 보았다. 그가 외쳤다.

 "이제부터 시작이구나, 필립. 허리케인이야, 분명해."

 우리는 바람이 밀고 오는 파도 소리를 들을 수 있었다. 티모시는 다시 오두막으로 들어와 입구에 버티고 섰다. 그는 몸집이 컸기 때문에 허리를 펴면 꼭대기의 서까래에 손이 닿았다. 오두막을 최대한 오래 버티게 할 생각이었다.

 나는 발과 다리 있는 데서 뭔가가 움직이는 걸 느꼈다. 뭔가가 주르르 미끄러져 갔다. 내가 꽥 소리를 지르자 티모시가 이렇게 외쳤다.

 "괜찮아. 도마뱀이야. 높은 데서 떨어진 거야."

 비는 이제 아예 오두막 속으로 뚫고 들어왔고, 바람은 연신 울부짖고 있었다. 파도 부딪치는 소리는 점점 가까워졌다. 벌써부터 우리 언덕 쪽으로 물이 밀려오는 건 아닌가 하는 생각이 들었다. 빗물은 차가웠고, 나는 머리부터 발끝까지 흠뻑 젖었다. 몸이 덜덜 떨렸다. 추워져서라기보다는, 이곳이 온통 바닷물에 잠길지도 모른다는 두려움 때문이었다.

그때 갑자기 뭔가 쪼개지는 소리가 들리더니, 티모시가 황급히 달려와 자기 몸으로 내 몸을 감싸고 엎드렸다.

"필립! 고개 숙여!"

나는 몸을 뒤집어서 가슴과 뺨을 젖은 모래 위에 갖다 댔다. 우리 오두막이 바람에 날아간 것이다. 스튜는 우리 두 사람 사이에 오그리고 있었다.

이제는 폭풍의 울부짖음밖에 들리지 않았다. 요란한 바람 소리도 바다가 날뛰는 소리에 비하면 아무것도 아니었다. 등짝에 떨어지는 빗방울은 마치 수천 개의 단단한 나무열매를 장난감 공기총으로 쏴대는 듯 따가웠다.

한 번은 뭔가가 날아와 아프게 탁 부딪치더니, 또다시 어디론가 날아가 버렸다.

"모자반이야."

티모시가 말했다. 아예 뿌리째 뽑힌 것 같았다.

우리는 땅에 납작 엎드린 채, 거의 두 시간 가까이 태풍의 처벌을 감내했다. 퍼붓는 비 때문에 숨쉬기도 어려울 지경이었다. 티모시가 목 쉰 소리로 말했다.

"야자나무로 가자!"

바닷물이 우리 언덕 꼭대기에 거의 도달해 있었다. 흰 거품을 일으키며 10여 미터를 넘게 달려온 것이다. 티모시는 나를 야자나무 있는 데까지 끌고 갔다. 나는 스튜를 가슴에 꼭 끌어안고 있었다.

폭풍이 몰아치는 쪽으로부터 등을 돌리고 서서, 먼저 티모시는 내 팔을 밧줄로 만든 고리에 집어넣었다. 그러고는 내 뒤에 선 채로 이번에는 자기 몸을 나무줄기에 밧줄로 잡아맸다.

곧이어 물이 내 발목 근처에 찰랑이더니, 순식간에 무릎 있는 데까지 차올랐다. 파도가 우리를 향해 계속 밀려갔다 밀려오고 있었다. 티모시는 내 뒤에 서서 폭풍의 공격을 자기 몸으로 막아서고 있었다. 바닷물이 뒤로 밀려갈 때는 우리까지도 끌어당겼기 때문에, 티모시는 거기 끌려가지 않으려고 온 힘을 쏟고 있었다. 바닷물이 우리를 쭉 빨아들이려고 할 때마다 티모시의 팔뚝 근육이 쇳덩이처럼 단단해지곤 했다.

티모시의 가슴과 야자나무 줄기 사이에 끼어 있는 상태에서도 나는 빗방울을 느낄 수 있었다. 빗줄기는 마치 날카로운 못처럼 내 온몸을 따갑게 찔러댔다. 빗줄기는 그냥 땅을 향해 곧게 떨어지지 않고 바람에 휘말려 제멋대로 춤을 추었다.

야자나무에 매달린 채 한 시간쯤이나 지났을까, 갑자기 바람의 기세가 꺾이고 빗줄기도 가늘어졌다. 티모시가 헐떡였다.

"폭풍의 눈이야! 이제 다른 쪽 바람이 밀어닥치기 전까지 잠시 쉴 수 있겠다."

그제야 허리케인에 유난히 고요한 중심 부분이 있다는 사실을 깨달았다.

"괜찮아?"

내가 물었다.

"홀딱 젖어버리긴 했지만 괜찮아."

그는 쉰 목소리로 대답했다. 하지만 나는 그의 숨소리에서 작은 이상신호를 감지할 수 있었다. 밧줄을 풀고 야자나무 줄기에서 떨어진 뒤에도, 그는 움직일 때마다 무척이나 고통스러워하는 것 같았다. 우리는 그 옆의 땅 위에 주저앉았다. 아직 비가 와서 질척거렸지만 상관없었다. 그 상태로 폭풍의 눈이 지나갈 때까지 기다릴 것이었다. 높이가 몇 센티미터는 되는 물이 우리 곁을 콸콸거리며 흘러갔지만, 우리를 휩쓸 정도는 아니었다.

허리케인의 눈이란 것은 참으로 이상하면서도 섬뜩했다. 무시무시한 바람이 사방팔방을 둘러싸고 있는 상황에서도, 당장 우리가 있는 곳은 고요하고도 적막하기 짝이 없었다. 나는 티모시 쪽으로 다가갔다. 그는 앉아서 머리를 양팔에 묻은 채, 마치 어딘가를 다친 짐승마냥 조그맣게 앓는 소리를 내고 있었다.

그렇게 이삼십 분쯤 됐을까, 바람이 다시 거칠어지자 티모시는 다시 일어나서 야자나무 있는 데로 가야 한다고 했다. 불과 몇 초도 안 되어 폭풍의 분노가 또다시 섬을 덮쳤다. 티모시는 아까처럼 나를 거칠거칠한 나무줄기에 바짝 밀어붙였다.

이번에는 아까보다도 더 심한 것 같았지만, 그때 벌어진 일을 모조리 기억하진 못한다. 거기 있는 지 얼마나 되었을까? 갑자기 야자나무 높이의 절반쯤은 되어 보이는 큰 파도가 우리를 덮쳤다. 물이 내 머리 너머 높이까지 쏟아지는 바람에, 나는 그만 콜록거리며 발버둥칠 수밖에 없었다. 또 다른 거대한 파도가 우리를 덮쳤다. 나는 그 직후에 의식을 잃었던 것 같다. 그리고 티모시도 마찬가지였던 것 같다.

다시 정신을 차리고 보니, 바람은 이미 잦아든 다음이었고 간혹 돌풍만 불어왔다. 바닥에는 여전히 발목까지 물이 흐르고 있었지만, 이제는 서서히 바다로 빠져나가는 것 같았다. 티모시는 여전히 내 뒤에 서 있었지만, 그의 몸은 차가웠고 생기가 없었다. 그는 머리를 내 어깨에 기댄 채 축 늘어져 있었다.

"티모시, 일어나."

내가 말했다. 하지만 그는 대답하지 않았다.

나는 어깨를 움직여 그를 흔들어 깨워 보려 했지만, 그의 커다란 몸집은 꼼짝도 않았다. 나는 가만히 서서 그가 숨은 쉬고 있는지 확인해 보았다. 심장이 쿵쿵 뛰고 있었다. 이번에는 어깨를 그의 입 근처에 갖다 대 보았다. 코에서 숨결이 흘러나오고 있었다. 아직 죽지 않은 건 분명했다.

하지만 스튜는 어디론가 사라지고 없었다.

나는 몇 분이나 낑낑대고 나서야 야자나무 줄기에 묶어 둔 밧줄 고리에서 내 팔을 빼낼 수 있었다. 그런 뒤에 티모시의 몸 아래로 빠져나왔다. 그는 죽은 듯이 야자나무 줄기에 기대 서 있었다. 나는 손으로 밧줄을 죽 따라가서, 팔을 나무줄기에 묶어 둔 매듭을 찾아냈다.

그의 몸이 꽉 누르고 있기 때문인지, 고리가 있는데도 매듭을 풀기가 무척이나 힘들었다. 밧줄이 젖었기 때문에 한층 더 그랬다. 티모시를 야자나무에서 풀어내는 데 한 시간은 족히 걸린 것 같다. 그는 뒤로 쓰러지더니, 젖은 모래 위에 누워 신음했다. 내가 티모시를 위해 할 수 있는 일이라곤 그저 보슬보슬 내리는 빗속에서 그 옆에 앉아 손을 꽉 잡아 주는 것밖에 없었다. 아무것도 볼 수 없는 내 처지로선, 그렇게 누군가가 손을 잡아 주는 것이야 말로 치료나 마찬가지였기 때문이다.

얼마가 지났을까, 한참 뒤에야 그는 정신을 차린 듯했다. 티모시가 고통스럽게 중얼거린 첫 말은 이거였다.

"필립…… 너…… 괜찮아?"

"난 괜찮아, 티모시."

그는 힘없이 말했다.

"망할 놈의 폭풍."

그가 돌아누운 모양인지, 나는 그의 손을 놓쳐 버렸다. 곧이어 그는 잠들어 버린 듯했다.

나는 티모시의 등을 어루만졌다. 따뜻하면서도 끈적끈적했다. 티모시의 등을 따라 아래쪽으로 계속 만져 내려가다가, 문득 나 역시 완전히 알몸이라는 것을 깨달았다. 바람과 파도가 우리의 낡아 빠진 넝마를 갈기갈기 찢어발긴 모양이었다.

티모시의 옷은 바람에 찢겨 끈같이 몇 군데만 남아 있었고, 그나마도 빗물에 젖고 자잘한 모래알갱이가 잔뜩 묻어 있었다. 그 끈들은 찢기지 않고 간신히 남은 바짓단 부군의 천과 겨우겨우 연결되어 있었다. 그는 피를 흘리고 있었지만, 나로선 그걸 멈추게 할 방법이 없었다. 나는 그의 크고 거친 손을 다시 더듬어 잡은 다음, 내 손으로 감싼 뒤 그 옆에 누웠다.

그러고는 그대로 잠이 들었다.

동이 트고 나서도 한참 뒤에 나는 잠에서 깨어났다. 비는 완전히 멎어 있었고, 바람도 완전히 잦아들어 예전처럼 잔잔하게 불어왔다. 하지만 아직 하늘에 구름이 있는지 햇볕이 느껴지지는 않았다.

"티모시."

그는 대답하지 않았다. 손은 차갑고 뻣뻣했다.

샬롯아말리에 출신의 늙은 흑인 티모시, 그는 더는 숨을 쉬지 않았다.

나는 한동안 티모시의 곁에 머물러 있었다. 너무 지쳐 있었기 때문이었고, 또 한편으로는 혹시 이미 그가 가버린 그곳에 나도 같이 갈 수 있지 않을까 하는 생각 때문이었다. 그때는 울음도 나오지 않았다. 살다 보면 정말 그렇게 울음조차도 나오지 않는 순간이 있는 법이다.

나는 또다시 잠이 들었다. 다시 잠에서 깨었을 때, 어디선가 희미하게 야옹 소리가 들렸다. 그제야 스튜를 끌어안고 한참을 울고 또 울었다. 죽어 버린 티모시 곁에서. 아무도 찾지 않는 외딴 섬 한가운데 눈이 멀어 버린 채 혼자서.

16

 오후가 되자 나는 언덕에서 서쪽으로 더듬더듬 걸어내려갔다. 맨 마지막 야자나무에서 10여 미터쯤 떨어진 자리에, 나는 티모시를 위해 무덤을 팠다. 야자 잎이며, 모자반 줄기며, 나무토막이며, 죽은 물고기며, 넓적한 산호며, 조개껍질같이 바다가 토해 놓은 것은 모두 치워 버렸다. 나는 세로 2미터, 가로 1미터 정도의 자리를 땅에 표시해 둔 다음, 손으로 땅을 파기 시작했다.

 처음에는 티모시에 대해 원망스런 마음이 들었다. 그래서 스튜에게 말했다.

 "왜 우리만 여기 두고 혼자 가 버린 걸까?"

 하지만 땅을 파다 보니 곧 다른 생각이 들었다.

 나를 보호하기 위해 자기 등을 폭풍에 고스란히 내맡김으로써,

결국 나를 살린 것이다. 할아버지가 돌아가셨을 때 아빠는 그런 말을 했다.

"필립, 때로는 사람이 아주, 아주 지쳐서 죽기도 하는 거란다."

어쩌면 티모시도 그래서 죽은 건지도 모른다.

만약 내 눈이 보이기만 했더라도, 나는 그런 사실을 순순히 인정할 수가 없었을 것이다. 하지만 이상하게도 어둠은 나를 모든 것으로부터 갈라 놓았다. 눈이 멀었기 때문에 두려움을 느끼지 않는 것인지도 몰랐다.

나는 티모시를 땅에 묻고 무덤 머리맡에 돌을 쌓아 표시해 두었다. 막상 무덤을 다 만들고 나니 그 앞에서 무슨 말을 해야 할지 잘 떠오르지 않았다.

"고마워, 티모시."

나는 하늘을 바라보았다.

"우리 티모시 잘 보살펴 주세요, 하나님. 저한테 참 잘해 줬잖아요."

더 이상 할말이 아무것도 없었기 때문에, 그저 무덤 곁에 한동안 서 있었다. 우리 오두막이 서 있었던 자리로 되돌아온 나는 흩어진 나무토막을 주워 야자나무 밑에 쌓아 두었다. 그 야자나무에는 물통과 양철 상자가 아직 매달려 있었다. 두 개 모두 폭풍이 불어오는 반대쪽에 있었기 때문이다.

나는 한참 걸려서야 물통과 양철 상자를 내렸다. 뚜껑을 열어보니 물은 아직 신선했고, 셀로판에 싸서 둔 성냥 역시 마른 채였다. 하지만 '별미'로 남겨 두었던 두 개의 초콜릿은 못 쓰게 되었다. 하긴 별로 먹고 싶은 생각도 들지 않았다.

맨발로 곳곳을 밟고 돌아다녀 보니 섬 전체는 온갖 잡동사니로 뒤덮여 있었다. 나는 우선 야영지를, 아니 그나마 남아 있는 부분을 깨끗이 청소했다. 바람에 꺾여 바닥에 떨어진 야자 잎을 모두 한쪽에 쌓아 두었고, 젖은 나무토막도 또 한쪽에 쌓아 두었다.

스튜가 계속 내 발치를 얼쩡거려서 몇 번이나 밟을 뻔했다. 나는 거의 날이 어두워질 때까지 일을 했다. 모자반 더미와 부러진 나무토막 더미에 코코넛이 하나 떨어져 있었다. 나는 그 열매를 따서 과육을 파먹었다. 스튜는 별 관심이 없는 것 같았다.

야자 잎 더미를 침대 삼아 그 위에 누워, 아직도 축축한 이 섬을 향해 철썩이고 있는 성난 바다 소리에 귀를 기울이며 나는 생각했다. 이제는 나와 스튜가 먹을 것을 혼자서 마련해야 해. 오두막도 새로 만들고, 동쪽 바닷가에 신호용 장작도 다시 쌓아 두어야 하고 앞으로는 매일같이 비행기 소리에도 귀 기울여야 해. 이 위험한 악마의 아가리 근처에 배가 지나갈 가능성에 대해서라면 티모시도 이미 기대를 접은 다음이었으니까.

나는 예전에 티모시가 산호초 위에 표시로 박아 둔 나무토막이 지금쯤은 바닷물에 모두 떠내려 갔으리라고, 그리고 바닷가까지

길잡이로 묶어 놓은 덩굴 밧줄 역시 태풍에 끊어지고 날아가 버렸으리라고 생각했다.

이제 와서야 나는 처음으로 티모시가 그동안 나를 정말로 세심하게 훈련시켜 왔음을 깨닫게 되었다. 이 섬에 대해서는 물론이고 산호초에 대해서도……

산호초. 나는 생각했다.

낚싯대도 없이 과연 내가 어떻게 낚시를 할 수 있을까? 그것 역시 바닷물에 쓸려가 버렸을 거야. 그때 문득 티모시가 그 물건을 어딘가 안전한 장소에 두었다고 했던 게 기억났다. 그가 깜박 잊고 그 장소가 어딘지를 말해 주지 않았다는 게 문제이지만.

나는 자리에서 일어나 야자나무 줄기를 하나씩 더듬어 보았다. 그중 하나에 묶인 밧줄이 만져졌다. 손으로 밧줄을 더듬어 그 뒤쪽을 만져보았다. 그랬더니 거기 낚싯바늘이 있었다! 두세 개도 아니고 무려 열댓 개가, 그것도 낚싯바늘과 추까지 모두 달린 완벽한 상태로 말이다. 그것이야말로 티모시가 내게 남겨 준 또 다른 유산이었다.

아침이 되자 뜨거운 해가 솟아올랐고, 내 얼굴에 그 열기가 느껴졌다. 햇빛 아래 젖은 땅이 점점 말라갔고, 정오쯤 되자 처음으로 새 울음소리가 들렸다. 새들이 돌아온 것이다.

이제는 고개를 돌려 태양의 열기를 느끼기만 해도, 대충이나마 시간을 짐작할 수 있었다. 각도가 거의 수직이면 정오 즈음이었고, 각도가 낮으면 이른 아침이거나 늦은 저녁이었다.

나로선 그 많은 일들 중 어디서부터 먼저 손대야 할지 막막하기만 했다. 모닥불을 피우고, 신호용 장작을 쌓고, "도와주세요"라고 써 놓고, 빗물받이를 만들고, 야자 섬유로 돗자리를 만들어야 했다. 그런 뒤에 움막 비슷한 것을 만들고, 산호초의 웅덩이에 가서 물고기를 잡고, 아직 남은 열매가 있는지 야자나무에 올라가 보고 —물론 이젠 전혀 안 남아 있을 거라 생각했지만— 혹시 폭풍이 남겨 준 또 다른 선물은 없는지 섬 곳곳을 돌아보아야 했다. 이것만 해도 몇 주는 족히 걸릴 것 같았다.

"대체 이걸 어떻게 해야 우리 둘이서 다 할 수 있을까."

스튜에게 말은 이렇게 했어도 마음 한켠에서는 차라리 바쁘게 일을 하자고, 그래서 나 자신에 대한 생각은 싹 잊어버리자는 목소리가 들려오고 있었다.

사흘째 되던 날, 나는 제법 많은 일을 끝마쳤고 심지어 티모시의 칼을 산호에 갈아서 날을 세우기도 했다. 나는 그 칼을 새로운 움막 근처의 야자나무 줄기에 푹 꽂아두어 언제든 필요할 때 빼서 쓸 수 있게 했다. 티모시의 눈이 없으니 손이 닿는 곳에 두어야 했다. 모든 것을 정확하게, 항상 제자리에 놓아두어야만 했다.

폭풍 후 닷새째 되는 날, 나는 섬을 돌아다니며 혹시 떠내려 온 게 있는지 확인해 보았다. 그 일은 그래도 재미가 있었다. 섬을 전부 돌아보려면 아마 며칠, 아니 몇 주는 걸릴 것 같았다. 나는 지팡이를 새로 하나 만들어 짚고 바닷가를 둘러보았다. 사방으로 지팡이를 휘둘러 뭐든지 걸리면 손을 뻗어 만져보았다. 가끔은 지금 손에 쥔 것이 무엇인지 알아내기 위해 한참 동안 더듬어 봐야 할 때도 있었다.

나는 커다란 깡통을 몇 개 주워서 그중 하나를 예전처럼 '날짜 측정용'으로 사용하기로 했다. 우선 폭풍이 치던 날 밤부터 쳐서 다섯 개의 조약돌을 넣어 두었다. 밝은 빗자루 하나, 훌륭한 의자로 써먹을 수 있었던 작은 나무상자도 하나 찾아냈다. 두꺼운 천 조각도 있기에 그걸로 바지를 만들어 입을 방법을 궁리해 보았지만, 내겐 실도 바늘도 없었다.

그것 말고도 나는 조개껍질 여러 개, 죽은 새 여러 마리, 코르크 조각, 해면 덩어리 같은 것들을 찾아냈다. 하지만 정말로 유용한 것은 전혀 없었다.

폭풍 후 엿새째 되던 날, 남쪽 바닷가를 확인해 보던 중에 나는 새 우는 소리를 들었다. 스튜도 평소처럼 나랑 같이 갔는데, 이상하게도 새 소리가 들리자마자 성난 듯 으르렁거리는 것이었다. 새들의 울음소리는 뭔가 화난 듯 들렸다.

나는 새 소리에 귀를 기울이며 서 있었다. 도대체 왜 그러는지 궁금해하고 있는데 새가 화난 소리를 내며 날개로 내 얼굴을 치고 지나갔다. 나는 지팡이를 휘둘러 새를 쫓으며, 왜 이것들이 갑자기 나를 공격하는지 어리둥절해했다.

다른 한 마리가 길게 소리를 지르며 달려들더니 부리로 머리 한쪽을 쪼았다. 순간 나는 어찌나 놀라고 당황했던지, 모자반 덤불로 달려 들어가 숨어야 할지, 그 자리를 떠나야 할지, 아니면 아예 지팡이로 새들을 때려잡아야 할지 도무지 결정을 못 내리고 있었다. 새들은 한두 마리가 아닌 것 같았다.

그때 또 다른 놈이 내 눈 근처 이마를 꽉 찍었다. 피가 얼굴로 주르르 흘렀다. 나는 뒤로 돌아서서 움막 쪽으로 걸었지만, 서너 걸음도 가지 못해 그만 나무토막에 걸려 넘어졌다. 모래 위에 엎어진 순간, 뒤통수에 또다시 찌르는 듯한 아픔이 느껴졌다. 나를 공격한 새는 하늘로 날아오르면서 화난 울음소리를 토해냈다. 곧이어 또 다른 놈이 나를 향해 달려들었다.

스튜가 으르렁거리는 소리가 들렸다. 내 등 위로 뛰어오른 듯 녀석의 발톱이 살 속으로 파고들었다. 또 다른 새의 울음소리가 들림과 동시에 스튜의 발톱이 갑자기 사라졌다. 공중으로 뛰어오른 모양이었다.

고양이의 으르렁 소리와 새의 날카로운 울음소리가 적막한 섬을 가득 메웠다. 두 마리가 모래사장 위에서 싸우는 소리가 들리더니 곧이어 새가 죽어가며 깩깩거리는 소리가 들렸다.

나는 넘어진 그대로 한참 누워 있었다. 그리고 나서 스튜가 새를 잡아 놓은 쪽으로 기어갔다. 스튜를 더듬어 보았다. 아직 긴장을 풀지 못한 듯 몸이 뻣뻣했고, 털은 여전히 곤두선 채였다. 녀석은 낮고도 약한 소리로 으르렁거리고 있었다.

이번에는 새를 만져 보았다. 소리는 요란했지만 실제 크기는 작은 놈이었다. 부리가 아주 뾰족했다.

천천히, 스튜도 평소처럼 긴장을 풀었다.

도대체 무엇 때문에 새들이 나한테 덤벼들었을까 궁금해하며 계속해서 모래사장을 더듬어 보았다. 곧이어 나는 따뜻한 새알을 하나 찾아냈다. 새들을 욕할 수는 없었다. 나도 모르는 새에 그 녀석들의 둥지로 접근한 셈이었으니까.

폭풍 이후, 새들 역시 나처럼 살아남기 위해 싸우고 있었다. 뜻밖의 성찬을 즐기도록 스튜를 뒤에 남긴 채, 나는 천천히 걸어서 움막으로 돌아왔다.

17

'날짜 깡통'에 열 개의 조약돌이 채워지던 날, 나는 티모시가 절대 하지 말라고 신신당부했던 짓을 시도해 보기로 작정했다. 한편으로는 물고기와 모자반 잎사귀만 먹다 보니 지겨워졌기 때문이고, 또 한편으로는 얼마 안 되는 코코넛 열매─폭풍 직후에 땅에 떨어져 있던─를 아껴두기 위해서였다. 이제 야자나무에는 열매가 하나도 없었다.

나는 가리비나 랑고스타 같은 걸 잡아다가 불에 구워 먹고 싶다. 상어가 있다니까 북쪽 바닷가에는 감히 들어가지 못하지만 낚시하는 웅덩이 바닥에는 산호초에 사는 랑고스타가 있을 것 같았다.

티모시가 이야기해 준 대로라면, 그 웅덩이의 바다 쪽 출입구는 너무 좁아서 커다란 물고기나 상어 같은 놈은 들어올 수가 없다.

창꼬치 정도면 들어올 수 있겠지만, 그런 놈은 위험하지 않으니 괜찮다고 했다. 문어가 있을지 모르지만, 기껏해야 아주 작은 녀석에 불과할 것이었다. 큰 놈들은 대개 깊은 바다에 있으니까. 그 웅덩이에서는 잠수해도 위험하지 않을 거라고 티모시도 말했었다.

나는 티모시가 하던 대로 막대기를 하나 구해 끝을 뾰족하게 깎았다. 왼손으로 더듬어 랑고스타가 만져지면 얼른 오른손을 움직여야지, 그렇지 않으면 놈은 꼬리를 써서 모래 속으로 도망쳐 버릴 것이었다.

스튜와 함께 산호초를 걸어서 내겐 무척이나 낯익은 장소인 웅덩이 가장자리에 도달했다.

"20분 넘어도 내가 안 나오면 얼른 뛰어들어서 나 좀 구해 줘."

무슨 소리인지 알 턱이 없는 고양이는 그저 내 다리에 몸을 비비며 가르랑거릴 뿐이었다.

뾰족하게 깎은 막대기를 오른손으로 쥔 채 나는 따뜻한 물속으로 뛰어들었다. 한동안 물장구를 치며 혹시 뭐가 올라오나 기다렸다. 아무 소식이 없어 나는 머리부터 물속으로 잠수해 들어가 몇 미터쯤 헤엄쳐 나갔다가 다시 위로 올라왔다. 내가 매일 아침 낚아 올리던 작은 물고기밖에는 아무것도 없는 게 분명했다.

나는 웅덩이 바닥까지 내려가 보자고 용기를 냈다. 날카로운 막대기를 왼손으로 쥐고, 오른손으로는 산호와 바위를 더듬었다. 숨을 쉬려고 위로 올라오면서 웅덩이의 주변을 더듬어 보았다. 물결을 따라 너울거리는 부채꼴산호며, 관산호와 뇌산호의 큰 덩어리가 손에 만져졌다.

해초나 부채꼴산호가 갑자기 내 얼굴에 와 닿았기 때문에 몇 번인가는 소스라치기도 했다. 나는 그때마다 얼른 수면으로 헤엄쳐 올라왔다. 그런 식으로 삼십 분은 족히 흐른 뒤에야, 나는 본격적으로 랑고스타를 잡아보기로 작정했다

이제부터는 정신 바짝 차리고 잠수했다. 일단 쭉 내려가서 바닥을 더듬어 보고, 그 다음에는 산호초 쪽으로 헤엄쳐 가는 것이다. 티모시는 랑고스타가 항상 바닥에, 대개는 바위와 산호에 달라붙어 있다고 했다. 놀랍게도 처음으로 손을 뻗은 곳에 한 마리가 만져지기에, 나는 얼른 뾰족한 막대로 그놈을 찔러 물 위로 올라왔다.

숨을 헐떡이며 나는 스튜에게 말했다.
"오늘 저녁은 바닷가재야!"

나는 웅덩이 가로 헤엄쳐 가서 바닷가재를 던져 놓고는 다시 한 번 숨을 들이마시고 잠수했다.

몇 번이나 다시 잠수했지만 랑고스타의 딱딱한 껍질은 더 이상 만질 수 없었다. 나는 바닥 근처의 이런저런 바위 틈새로 점점 손을 더 깊이 넣어 보기 시작했다.

물 밖으로 나와 잠시 쉬었다가 마지막으로 한 번만 더 잠수해 보

기로 했다. 한 마리라도 잡은 것이 대견스럽긴 했지만, 그놈은 너무 작아서 스튜랑 내가 먹기에는 턱없이 부족할 것 같았다.

이번에는 꽤 깊어 보이는 구멍의 입구가 만져졌다. 적어도 상당히 멀리까지 들어가는 게 분명했다. 거기엔 훨씬 더 큰 랑고스타가 있을 수 있겠다는 생각이 들었다. 나는 일단 수면으로 올라와서 숨을 깊이 들이마시고, 곧바로 다시 잠수했다.

구멍 안으로 손을 집어넣었다. 그러자 뭔가가 내 손을 꽉 물었다. 나는 소스라치게 놀라 얼른 양 발을 구멍 입구에 대고 팔을 확 잡아당겼다. 물린 곳이 너무 아팠다. 뭔지는 모르지만, 내 손목을 잡아챈 것은 티모시의 팔뚝만큼이나 힘이 셌다. 죽어라 용을 썼더니 뭔가가 내 팔에 딸려 나오면서 꼬리로 내 가슴을 세게 쳤다. 나는 물장구를 치며 수면으로 헤엄쳐 올라갔다. 그놈은 그때까지도 내 손목을 놓지 않았다. 이빨이 깊숙이 박혀 있었다. 물 위로 나오자마자 나는 소리소리 질러대며 그놈을 웅덩이 가장자리에 대고 두들겼다. 무는 힘이 약해져 버린 놈을 떼어내 던져 버리고 얼른 웅덩이에서 기어나왔다.

팔 전체가 떨어져 나갈 듯 아팠다. 나는 웅덩이 가장자리에 누워 헐떡이면서 조심스레 손목을 더듬어 보았다. 피가 흐르고 있었지만 아주 심하지는 않았다. 그래도 이빨자국은 꽤 깊이 난 것 같았다.

보통 물고기는 아니었다. 몸통이 길고 가늘었기 때문이었다. 한참 뒤에 혹시 그것이 큰 곰치가 아니었을까 하고 생각했다. 그놈이 뭐든 간에 나는 그 후로 다시는 웅덩이에 들어가지 않았다.

18

 밤이고 낮이고 간에, 나는 혹시 하늘에서 무슨 소리가 들리지 않나 하고 항상 귀를 기울였다. 더 이상 볼 수 없게 된 눈을 촉각과 청각이 대신하고 있었다. 이제는 여러 가지 소리를 구별할 수 있었다.

 새들의 경우, 생김새는 몰랐지만 각각의 울음소리로 어떤 새인지 구별할 수는 있었다. 울음소리에 따라 새들에게 내 나름대로 이름을 붙여 주었다. 간혹 갈매기 우는 소리가 들릴 때면 갈매기의 모습이 머릿속에 떠올랐다. 그건 빌렘스타트에 있을 때 종종 봤었으니까.

 산들바람이 모자반을 스치며 내는 소리도 구별할 수 있었다. 바람에 작은 잎사귀가 흔들리며 내는 소리 말이다. 폭풍 때 부러지지 않고 남은 야자나무 잎을 스치며 내는 소리는 그보다 요란하게 퍼득였다.

나는 도마뱀이 뛰어갈 때 내는 소리도 알 수 있었다. 폭풍이 분 다음에도 몇 마리가 아직 이 섬에 남아 있었다. 어쩌면 야자나무 꼭대기에 올라가 있었는지도 모를 일이다. 그렇지 않았다면 바닷물이 이곳을 덮어 버린 상황에서 어떻게 살아남았겠는가?

심지어 스튜가 다가오는 것도 소리로 알 수 있었다. 녀석이 말랑말랑한 발로 마른 잎을 밟을 때에는 바스락 소리가 아주 작게 났지만, 나는 그 소리를 알 수 있었다.

8월 초의 어느 오전 내가 야영지 근처 언덕에 있을 때, 멀리서 비행기 엔진 소리가 들렸다. 바람이 내 뒤에서 불어오고 있었지만 그 소리는 매우 뚜렷했다. 나는 아래쪽으로 팔을 뻗어 스튜를 안았다. 녀석도 소리를 들은 것 같았다. 몸이 팽팽히 긴장되어 있었고, 머리는 소리가 나는 쪽을 향해 있었다.

나는 얼른 모닥불 옆에 무릎을 꿇은 채, 그 주위를 더듬어 장작 하나를 찾아냈다. 평소에 티모시는 장작을 바큇살 형태로 늘어 놓아야만 불이 가운데로 천천히 타들어가면서 끄트머리는 타지 않은 채로 남게 된다고 말했었다. 나는 하루에도 열댓 번씩 모닥불을 돌봤다.

장작에 침을 뱉어서 지글거리는 소리가 나는지 들어 보았다. 그

정도면 신호용 모닥불 밑에 쌓아 둔 마른 야자나무 잎에 불을 붙일 수 있을 것 같았다.

다시 한 번 귀를 기울였다. 엔진 소리는 아직도 들리고 있었다. 오히려 더 가까워져 있었다.

나는 언덕을 따라 내려가 신호용 장작 있는 데로 가서 야자 잎을 만져본 다음, 가져온 막대기를 그 안에 쑤셔 넣었다. 그러고는 타닥타닥 불붙는 소리가 날 때까지 입으로 훌훌 불었다. 몇 분 지나지 않아 신호용 모닥불이 타오르기 시작했고, 나는 장작이 타는 소리에 비행기 소리를 못 들을까 봐 남쪽 바닷가로 달려갔다.

남쪽 바닷가에 도착해서 다시 귀를 기울여 보았다. 비행기는 점점 더 이쪽으로 가까워지고 있었다.

나는 하늘을 향해 외쳤다.

"여기요! 이 밑에, 여기요!"

나는 신호용 모닥불이 있는, 그리고 돌멩이로 "도와주세요"라고 써 놓은 동쪽 바닷가로 돌아가야겠다고 생각했다.

조금만 있으면 비행기가 아래로 내려올 테고, 좀더 가까이에서 이곳으로 다가오는 비행기 엔진 소리를 들을 수 있으리라는 생각에, 스튜와 함께 철썩이는 파도 가까이 다가가 가만히 서 있었다. 그러나 기다리고 또 기다렸지만 하늘에서 천둥 치는 듯 요란한 소리는 들리지 않았다. 나무 타는 소리, 파도치는 소리뿐이었다.

나는 다시 남쪽 바닷가로 달려가서 가만히 귀를 기울여 보았다. 비행기가 벌써 지나간 다음이었다!

나는 천천히 동쪽 바닷가로 돌아가 모자반 그늘에 주저앉았다. 얼굴을 팔에 묻고 엉엉 울었다. 부끄럽다는 생각은 전혀 들지 않았다.

이놈의 섬을 벗어날 방법은 전혀 없는 것인가. 하지만 이런 식으로는 도무지 살아갈 수가 없다. 이러다가 어느 날 갑자기 병이라도 들거나, 또 한 번 폭풍이라도 불어닥치면 어쩐단 말인가. 나 혼자로서는 도저히 살아남을 수 없다.

지금까지도 충분히 힘들고 외로운 나날이었지만, 이날만큼은 유난히 더 힘들고 더 외로웠다.

스튜가 내게 다가와 가르랑거리며 다리에 몸을 비벼댔다. 나는 스튜를 끌어안은 채 조종사가 연기를 보고도 남았을 텐데 왜 내려와 보지 않은 것인지 한참 동안 생각했다.

어쩌면 비행기에서 연기를 전혀 못 봤을 수도 있었다. 나는 연기가 하늘로 곧장 올라갈 것이라고 생각했지만, 흰 연기라서 눈에 띄지 않았는지, 아니면 진하고 시커먼 연기가 푸른 하늘에 뚜렷이 흔적을 남겼는지 알 도리가 없었다.

차라리 기름때 먹은 판자라도 몇 개 있어서 시커먼 연기를 낼 수만 있었더라도! 스호테하트에 가면 그런 나무조각들은 흔한데. 하지만 이곳 바닷가에 밀려오는 나뭇가지나 나무토막은 몇 주, 아니 몇 달은 물에 떠 있었던 것이어서 그렇게 시커먼 연기가 나진 않을 거였다.

나는 이 섬에서 나는 온갖 것들을 하나하나 생각해 보았다. 성성한 야자 잎을 태우면 진한 연기가 날 수도 있지만, 그건 너무 질겨서 나무에서 뜯어내기조차 쉽지 않았다. 북쪽 해안의 덩굴도 진한 연기를 낼 수 있겠지만, 거기 달린 나뭇잎은 너무 작았다.

모자반! 나는 줄기 몇 개를 꺾어 손가락으로 문질러 보았다. 충분히 기름기가 있었다. 나는 자리에서 일어나 모닥불 쪽으로 다가가서, 모자반을 던져 넣어 보았다. 곧이어 기름에 물방울 떨어질 때 나는 소리처럼 기름 튀는 소리가 타닥 하고 들려왔다.

이제는 어떻게 해야 할지 알 것 같았다.

이곳에서 굵고 시커먼 연기 기둥이 오르는 것을 보면 비행기는 악마의 아가리로 오지 않을 수 없을 것이다. 다음 번에 또 비행기 소리가 들리면 불을 붙인 데다가 모자반을 한 다발 올려서 확실하게 볼 수 있게 해야지.

티모시조차도 시커먼 연기에 대해서는 전혀 생각지 못했을 것이다. 그래, 그렇게 해보자.

나는 한결 나아진 기분으로, 야자 잎을 몇 개 더 가져오기 위해 언덕으로 향했다.

1942년 9월 20일 아침, 나는 천둥소리에 잠에서 깨어났다. 조금 있으면 빗방울이 움막 지붕에 떨어지는 소리가 나겠구나 생각하며 그대로 누워 있었다. 스튜가 내 발치에서 낮게 가르랑대고 있었다.

"그냥 천둥소리야, 스튜. 잘됐지 뭐, 물도 다 떨어졌는데."

하지만 계속 귀를 기울여 보니 천둥소리가 아닌 것 같았다. 우르릉 소리가 아니라 꽤나 묵직하고, 크고, 날카로운 소리였다. 마치 폭탄, 그것도 여러 개가 연달아 터지는 소리 같았다. 섬 전체가 덜덜 흔들리는 것 같았다. 나는 자리에서 일어나 움막 아래로 기어나갔다.

공기 냄새를 맡아 보니 비가 올 것 같진 않았다. 후끈한 열기는 없었지만 주위는 말라 있었다.

"뭐가 터졌나 봐, 스튜. 우리 근처에서 말이야."

어쩌면 구축함인지도 몰랐다. 비행기 엔진 소리는 아니었다. 구축함이 이 근처까지 와서 적 잠수함과 싸우는 걸까? 그 묵직하고, 크고, 날카로운 소리는 아빠가 말해 준 것처럼 해군이 U보트를 침몰시키기 위해 사용하는 폭뢰 소리일 수도 있었다.

이번에는 모닥불에서 장작을 빼내고 자시고 할 것도 없었다. 나는 양철 상자를 뒤져 셀로판에 싼 성냥개비를 찾아냈다. 네 개 뿐이었다. 나는 그걸 들고 언덕을 달려갔다.

신호용 장작에 도착하자마자 돌을 찾았다. 장작 곁에 무릎을 꿇고 앉아 돌에 성냥을 그었다. 하지만 불이 붙지 않았다. 성냥 대가리를 만져보았다. 황이 벗겨져 있었다. 나는 또 하나를 그었다. 작게 픽 하는 소리가 들렸지만 불은 곧 꺼져 버렸다.

성냥은 두 개가 더 있었지만, 이걸 다 써버릴지 아니면 다시 언덕으로 올라가서 장작을 가져올지 망설였다.

그러느라 차마 소리에 귀를 기울이지도 못했고, 내 얼굴에서는 땀이 줄줄 흘러내렸다. 폭발 소리는 여전히 바다 저편에서 들려오고 있었다.

그때 비행기 엔진 소리가 들렸다. 나는 깊은 숨을 들이마신 다음, 성냥 하나를 꺼내 그었다. 불붙는 소리가 들리자, 왼손으로 성냥불을 감쌌다. 온기가 느껴졌다. 성냥이 타고 있었다.

나는 장작더미 깊은 곳으로 성냥을 집어넣고 내 손가락 끝이 거의 델 정도로 한참 들고 있었다. 곧이어 불이 붙었고 잠시 후에는 활활 타올랐다.

나는 바닷가 저편으로 달려가 모자반을 뜯어냈다. 첫 번째 더미를 모닥불로 가져와 그 위에 집어던졌다. 풀 타는 냄새가 확 났다. 퍽퍽, 탁탁 하면서 그 가지에 들어 있는 자연산 기름이 타오르기 시작했다.

열 번째인가, 열한 번째인가로 모자반 더미를 가져와 모닥불에 올려 놓은 순간, 드디어 시커먼 연기 기둥이 하늘로 올라가고 있음을 느꼈다.

갑자기 귀가 먹먹할 정도의 굉음이 머리 위를 휩쓸었다. 비행기였다. 야자나무 높이 정도로 낮게 스쳐 지나간 것 같았다. 그 서슬에 바람이 확 불어오는 것을 느낄 수 있었다.

순간, 나는 지금이 어떤 상황이라는 것도 잊어버리고 소리소리 질렀다.

"티모시! 구조대가 왔어!"

비행기는 이곳을 스쳐 지나간 다음에 곧바로 유턴한 모양이었다. 요란한 굉음이 다시 한 번 이곳을 스쳤고, 이번에는 아까보다도 더 낮게 비행했는지 엔진의 열기를 그대로 담은 뜨거운 바람이 확 밀려왔다. 심지어 매연 냄새까지 맡을 수 있을 정도였다.

나는 소리쳤다.

"여기 밑에요! 여기 밑에요!"

나는 손을 마구 흔들었다.

비행기는 다시 한 번 유턴을 해서 내 쪽으로 다가오고 있었다. 엔진 소리가 점점 커지고 있었다.

스튜가 모자반 밑으로 숨어 버렸을 걸 알면서도 나는 스튜에게 큰 소리로 말했다.

"우린 살았어! 이젠 살았다구!"

그런데 비행기는 다시 돌아오지 않았다. 우리 섬을 낮게 스쳐 그대로 가 버린 것이다. 엔진 소리가 멀어지더니 그마저도 완전히 사라졌다. 폭발음 역시 뚝 끊기고 말았다.

너무나도 익숙한 정적이 다시 온 섬을 감쌌다.

온몸에서 힘이 쭉 빠져 버렸다. 지금이야말로 정말로 구출될 수 있는 기회였는데…… 그리고 어쩌면 두 번 다시 이런 기회가 오지 않을 수도 있는데……. 비행기 조종사는 그냥 가 버린 모양이었다. 어쩌면 내가 이 동네 어부라고, 그저 비행기를 보고 반가워 손을 흔든 것뿐이라고 생각했는지도 모른다. 하긴 내 피부색은 이제 원주민처럼 아주 시커매졌을 테니까.

어쩌면 내가 피워 올린 시커먼 연기 때문에 "도와주세요"라고 쓴 돌멩이가 안 보였을 수도 있을 것 같았다.

갑자기 머리가 아찔해졌다. 나는 언덕을 올라가 돗자리 위에 픽 쓰러지고 말았다. 울지는 않았다. 이제는 그래봤자 아무 소용 없다는 걸 알고 있었으니까.

그냥 죽고만 싶었다.

한참 뒤 나는 티모시의 무덤 쪽을 바라보며 말했다.

"왜 우리도 같이 데려가지 않은 거야, 왜?"

19

정오쯤 되었을 때 어디선가 종소리가 들렸다.

세인트 안나 만에서 있었을 때, 그리고 스호테하트에서 있었을 때 들었던 종소리 같았다. 작은 배와 견인선이 기관장에게 속도를 낮추라고, 또는 높이라고, 아니면 뒤로 가라고 신호할 때 쓰는 종소리 말이다.

내가 꿈을 꾸는 건가…….

그때 다시 종소리가 들렸다. 그리고 엔진이 천천히 푹푹거리며 다가오는 소리가 들렸다. 사람 목소리도! 동쪽 바닷가로 누군가가 오고 있었다.

나는 바닷가로 뛰어내려갔다. 작은 배가 악마의 아가리로 들어와 우리 섬으로 오고 있는 모양이었다.

나는 소리쳤다.

"여기예요! 여기요!"

바다 저편에서 사람 목소리가 들렸다. 남자 목소리였다.

"그래, 보인다!"

나는 동쪽 바닷가에 서 있었다. 스튜는 내 발치에서 소리 나는 쪽을 바라보고 있었다. 또다시 종소리가 들렸다. 엔진이 반대로 도는 소리가 들리고 프로펠러 돌아가는 소리도 들렸다. 누군가가 소리쳤다.

"뛰어내려, 스카티, 별로 안 멀어."

미국 사람 목소리였다. 분명했다.

엔진 소리는 이제 느릿느릿해졌고, 누군가가 내게 다가오고 있었다. 그가 모래밭에 발 딛는 소리가 들렸다. 내가 먼저 말했다.

"안녕하세요?"

그 사람은 아무 대답도 하지 않았다. 나를 빤히 쳐다보고 있는 모양이었다.

그는 보트 위의 다른 사람에게 냅다 소리를 질렀다.

"이런 세상에, 홀딱 벗은 애 혼자야. 고양이하고!"

보트의 남자가 말했다.

"다른 사람은?"

내가 외쳤다.

"없어요, 우리뿐이에요."

나는 바닷가의 그 남자 쪽으로 움직였다. 그가 헉 하고 숨을 들이마셨다.

"너 눈이 안 보이니?"

"예, 맞아요."

놀란 목소리로 그가 물었다.

"너 정말 괜찮니?"

"이제 괜찮아요. 절 구해 주실 거잖아요."

"그래, 맞아. 널 구해 주러 온 거야."

"고양이를 좀 안고 가세요. 제 손을 잡아서 보트까지 인도해 주시구요."

보트 위에 올라서자, 나는 그제야 티모시의 칼이 아직 야자나무에 꽂혀 있다는 게 생각났다. 그것이야말로 내가 이곳을 떠날 때 유일하게 가져가고 싶은 물건이었다. 고양이를 안고 온 선원이 칼을 가지러 언덕으로 간 사이, 다른 선원이 내게 이런저런 질문을 했다. 칼을 가지러 갔던 선원이 돌아와서 말했다.

"세상에나, 네가 저 위에 해 놓은 걸 봤다. 도저히 믿을 수가 없더구나."

아마도 우리 움막, 아니면 빗물받이를 말하는 것인 듯했다. 폭풍이 오기 전에 티모시가 만든 걸 봤더라면 뭐라고 했을까?

이후 몇 시간 동안 있었던 일을 정확히 기억하진 못하겠지만, 나는 곧이어 어느 구축함에 올라타게 되었다. 갑판 위에 오르자 수많은 사람들이 한꺼번에 질문을 하는 바람에 결국 누군가가 한마디 해야 했다.

"얘 좀 가만 내버려 둬. 일단 먹을 걸 주고 진찰을 해본 다음에 선실에 데려다 줘."

누군가 얼른 대답했다.

"예! 알겠습니다. 선장님."

의무실로 내려가자 선장이 물었다.

"너 이름이 뭐니?"

"필립 엔라이트예요. 우리 아빠는 빌렘스타트에 살아요. 로열더치셸 직원이에요."

선장은 곁의 누군가에게 얼른 빌렘스타트 해군기지에 무전으로 연락하라고 한 뒤 이번에는 이렇게 물었다.

"그런데 어쩌다가 저런 곳에 가게 된 거니?"

"하토 호가 침몰하는 바람에 티모시랑 같이 표류하다가 거기까지 갔어요."

"그럼 티모시란 사람은 어디 있는데?"

나는 선장에게 티모시에 관해, 그리고 우리 둘 사이에 있었던 일에 관해 이야기해 주었다. 하지만 과연 선장이 내 말을 믿었는지는 모르겠다. 왜냐하면 이야기를 다 듣고 나서 그가 이렇게만 대답했기 때문이다.

"얘, 우선 잠을 좀 자 둬라. 하토 호가 침몰한 건 벌써 4월의 일이었는데."

"맞아요, 아저씨. 그랬지요."

잠시 후 나는 진찰을 받았다.

그날 밤, 빌렘스타트와 무선 통신을 하고 나서 선장은 다시 나를 찾아왔다. 알고 보니 이 구축함은 독일 잠수함을 쫓던 중이었고, 정찰기가 우연히 우리 섬에서 나는 검은 연기를 보고 구축함에 무선으로 연락했다는 것이다.

선장은 여전히 믿어지지 않는다는 듯, 정찰기의 무선 보고를 받고 자기가 가진 모든 해도와 참고자료를 뒤져보아도 그 위치를 찾을 수 없었다고 했다. 우리가 있던 곳은 너무 작아서 해도에 이름조차 나오지 않았다. 하지만 티모시가 제대로 맞히긴 했다. 우리는 바로 악마의 아가리 안에 있었던 것이다.

다음날 아침, 배는 파나마의 크리스토발 해군기지에 도착했고 나는 곧바로 병원으로 실려 갔다. 내 생각에는 그럴 필요까지는 없었다. 나는 아직 튼튼하고 건강하다고 구축함의 의사도 말했기 때문이다.

엄마 아빠가 특별기 편으로 빌렘스타트에서 그곳까지 날아왔다.

나를 본 두 분은 한동안 아무 말도 못하고 있었다. 그냥 날 부둥켜안고 있을 뿐이었다. 엄마는 울면서 계속 똑같은 말만 했다.

"필립, 내가 잘못했다. 내가 잘못했어."

해군에서 내가 눈이 멀었다는 사실을 미리 알려 주었기 때문에 그것 자체가 충격이 되진 않았을 거였다. 다만 내 몰골이 예전과는 달랐기 때문이었을 것이다. 머리가 어찌나 길게 자랐는지 이발사를 불러와서 머리를 깎아야 했다.

우리는 오랫동안 이야기를 나눴다. 스튜를 내 침대 위에 올려놓은 채, 나는 엄마 아빠한테 티모시와 섬에 대해 이야기해 주려했다. 하지만 나로선 너무 힘들었다. 엄마 아빠는 내 말을 주의깊게 들었지만, 그곳에서 실제로 무슨 일이 벌어졌는지에 대해서는 제대로 이해하지 못하는 것 같았기 때문이다.

구출된 지 넉 달 만에, 나는 뉴욕의 한 병원에서 엑스레이 검사를 비롯해 수많은 검사를 한 뒤에 첫 번째 수술을 받았다. 하토 호가 침몰하던 날 머리가 나무토막에 세게 부딪치는 바람에 신경 일부가 손상되었다고 했다. 다행히도 세 번째 수술이 끝나고 붕대를 풀자, 나는 다시 앞을 볼 수 있었다. 물론 항상 안경을 써야 했지만 어쨌건 다시 볼 수 있었다. 그것만 해도 나로선 감사한 일이었다.

4월 초, 나는 엄마랑 같이 빌렘스타트로 돌아갔고 우리는 작년 4월에 그곳을 떠나기 전과 마찬가지의 생활로 돌아갔다. 내가 바다에서 행방불명되었다고 공식 처리된 이후, 엄마는 다시 큐라소로 돌아가 아빠랑 같이 지냈다. 엄마도 그 사건 이후로 많이 변했고, 더 이상 이곳을 떠날 생각은 하지 않았다.

나는 헨릭 판 보번과도 다시 만났지만, 역시 예전과 똑같을 수는 없었다. 내 눈에 그 녀석은 아주 어려 보였다. 그래서 나는 대부분의 시간을 세인트 안나 만과 뤼이테르카더 시장에 가서 흑인들과 이런저런 이야기를 하며 보냈다. 그들의 목소리를 듣는 게 좋아서였다. 어떤 사람들은 샬롯아말리에 출신의 티모시를 안다고 했다. 나는 그들에게 각별한 친밀감을 느꼈다.

전쟁이 끝나자 우리는 스하를로와 큐라소를 떠났다. 아버지의 일이 끝났기 때문이다.

그때 이후, 나는 카리브 해 지도를 보며 오랜 시간 생각에 잠기곤 했다. 나는 론카도르, 로살린드, 키토 수에뇨, 세라냐 뱅크를 지도에서 찾아보았다. 비컨 모래섬과 노스 모래섬, 그리고 프로비덴시아와 산 안드레스도 찾아보았다. 악마의 아가리도 찾아냈다.

언젠가, 파나마에 가서 소형 범선을 한 대 빌린 다음 악마의 아가리를 다시 한 번 탐험해 보리라고 생각했다. 티모시가 묻혀 있는 그 작고 외로운 섬을 다시 한 번 찾아가 보리라고 말이다.

눈으로는 금방 알아보지 못할 수도 있다. 하지만 일단 바닷가에 서서 눈을 감으면 그곳이 바로 우리 섬이라는 걸 쉽게 알 수 있을 것이다. 동쪽 바닷가를 따라 걸어가서 산호초를 둘러봐야지. 그 다음엔 언덕을 올라가, 줄줄이 늘어선 야자나무를 지나, 티모시의 무덤 앞에 설 것이다. 그러고는 이렇게 말할 것이다.

"잘 있었어? 응, 티모시?"

역자 후기

　시오도어 테일러의 「티모시의 유산」은 1969년에 발표된 이래 전 세계적으로 수백만 부가 팔린 소설이다. 제2차 세계대전 당시, 카리브 해를 지나던 화물선이 침몰하면서 그곳에 타고 있던 백인 소년과 흑인 노인, 그리고 고양이 한 마리가 어느 외딴 섬에 표류한다. 소년 필립은 평소 흑인을 싫어하던 어머니에게서 받은 영향 때문에, 생명의 은인인 흑인 티모시에게 고마움은커녕 도리어 혐오감을 느낀다. 하지만 필립은 침몰 당시 입은 부상의 후유증으로 시력을 잃어버리고, 결국 하나부터 열까지 흑인 노인에게 의지해 살아가게 된다.

　무인도나 오지에 고립된 주인공이 혼자 힘으로 살아남아 문명 세계로 귀환한다는 내용의 소설로는 「로빈슨 크루소」가 대표격이다. 그러나 사냥이건 채집이건 간에 일단 먹을 것 걱정은 없었던 로빈슨의 대궐 같은 무인도에 비하면, 필립과 티모시가 도착한 외딴 모래섬은 나무 몇 그루와 모래가 대부분이며 허리케인이 지나갈 때마다 온통 물바다가 될 정도로 악조건이란 악조건은 두루 갖춘 곳이다. 낭만적 모험이라곤 찾아볼 수 없으며, 하루하루가 생존을 위한 몸부림의 연속이다. 학교에서 배운 지식은 소용이 없고 몸으로 배우는 지식만이 유용한 그곳에서, 필립은 티모시를 선생님 삼아 생존에 필요한 방법을 하나하나 배워 나간다.

철부지 소년이 모험을 통해 어른스러워진다는 내용의 소설은 이 작품 말고도 많지만, 「티모시의 유산」은 그 와중에 인종차별과 그 극복이라는 독특한 소재를 집어넣어 감동의 깊이를 더하고 있다. 주인공 필립이 그간 무비판적으로 받아들였던 흑인에 대한 적대감을 극복하고, 티모시와 나이와 인종을 초월한 진정한 우정을 맺는 과정이야말로, 그가 단순히 육체적으로뿐만 아니라 정신적으로도 성장했음을 보여주는 지표이기 때문이다. 이 책이 출간된 1960년대는 미국의 흑인 인권운동이 절정에 달한 시기였다. 1968년에는 노벨평화상 수상자인 마틴 루터 킹 목사가 암살당하는 비극적인 사건이 벌어졌고, 그래서 이듬해에 출간된 「티모시의 유산」은 서두에 킹 목사에게 바치는 헌사를 담고 있다.

출간 이후 무려 40년의 세월이 지나긴 했지만, 이 작품은 오늘날의 우리에게도 많은 감동과 교훈을 전해 준다. 최근 들어 우리 사회에도 혼혈인이나 외국인 노동자라는 형태로 인종차별 문제에 대한 인식이 확산되고 있기 때문이다. 오늘날 우리가 인종차별의 '가해자'가 되었다는 것은 무척이나 역설적인 사실이 아닐 수 없다. 왜냐하면 아마도 이 책이 출간되었을 당시, 미국에 있던 우리 교포들이야말로 흑인들과 마찬가지로 인종차별의 '피해자'였을 가능성이 크기 때문이다. 어제의 피해자가 오늘의 가해자가 되는 상황에서, 이 책의 내용은 우리에게 많은 것을 생각하게 해준다. 세월은 흐르고 세상도 바뀌었지만, 인간의 어리석음과 편견은 여간해서 바뀌지 않기 때문이다. 이 책이 40년 뒤인 지금까지도 여전히 감동적이고 교훈적인 이유가 있다면 바로 그 때문일 것이다.